神經

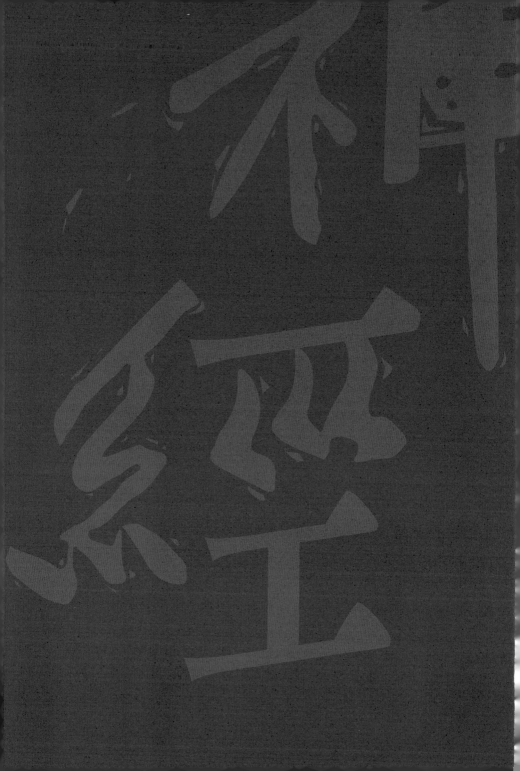

九韻文化

芥川龍之介的短篇奇談選

芥川龍之介 著・千山 譯

我沒有良心，

我只有神經。

目次

奇聞

那是一個冬天的夜晚，我和老友村上漫步在銀座大道。「前段時間千枝子來信了，向你問好呢。」村上像是突然想到一樣，將話題轉到了現在住在佐世保的妹妹身上。

「千枝子身體還好吧？」「嗯，這段時間一直很健康，不像那個時候。你也有所瞭解吧？她還在東京的時候，神經衰弱的程度相當嚴重呢。」

「我有所耳聞，不過那時候也不太瞭解到底是神經衰弱還是什麼——」

「你還不清楚吧，那個時候的千枝子，真不知道是著了什麼魔，讓人以為她會哭的時候卻突然笑起來，覺得她要笑了，卻又開始說些奇怪的話。」

「奇怪的話？」

村上在回答我之前，推開了一家咖啡店的玻璃門，選了一張看得見馬路的桌子，與我相對而坐。

「還沒跟你說過吧？那些奇聞，也是她去佐世保之前才說給我聽的。」

你也知道，千枝子的丈夫在「一戰」的歐洲戰場中，是被派往地中海方面的「A——」艦的軍官。千枝子在留守的時候雖然來和我同住了一段時間，可是就在戰爭眼瞅著就要結束時，突然神經衰弱得越來越嚴重。要說引發病情的主要原因，大概就是她丈夫每週一次從未間斷的來信突然中斷了吧。要知道，千枝子那會兒可是剛剛結婚才半年，就那麼和丈夫分開了，自然對於來信特別重視。可是那會兒我還對她毫不顧及地冷嘲熱諷，現在想想真是做得太過分了。

就在這麼個節骨眼上，某一天——對了，那天正好是紀元節[1]，不知怎的，一大早就開始下起雨來，到了下午更是寒氣逼人。可是千枝子卻提出要到久違的鐮倉去玩，她那個嫁給鐮倉實業家做夫人的校友就住在那裡。雖說

1. 紀元節是日本祝祭日中四大節（紀元節、四方節、天長節、明治節）之一，第二次世界大戰結束後被廢除，其後改為日本建國紀念日，日期定於新曆2月11日。

是要去找她玩，可是在這潮濕的雨天裡，實在沒必要跑到那麼偏遠的鐮倉去，一想到這兒，不僅是我，連我妻子也再三勸說她改日前往。可是，千枝子執意說，無論如何也要在那天去，就那麼生著悶氣，急匆匆地收拾了一下出去了。

「看情況當天是要在那邊留宿了，可能要到隔天早上才能回來。」她這麼說完就走了。只是沒過多久，她就渾身濕淋淋，一臉蒼白地回來了。問過才知道，她好像是一路冒雨從中央車站走回濠端車站的。你可能要問了，她這麼做到底是為什麼，這就引出了那件奇聞。

話說千枝子一到了中央車站，不，應該說在那之前還發生了一件事。她在乘電車前往中央車站的途中，因為車廂坐滿了人，她就拉住吊環扶手站在那裡。她說，就在那時，她透過眼前的車窗玻璃，隱約間竟望見了海。那個時候，電車剛開到神保町，要說看得到海，那怎麼也講不通啊。但是，她說在車窗外街道的間隙中，連海浪的波動也看得到，特別是雨水吹打到車窗上時，霧氣瀰漫的水平線也隱約可見。照她的說法來看，千枝子怕是從那個時候起就不太正常了。

然後，車到了中央車站，入口處的一個紅帽腳夫突然向千枝子打了個招呼，還說了句：「您丈夫近來可好吧？」這已經夠奇怪的了，但更詭異的是，千枝子對紅帽腳夫的問題並未覺得有何不妥，而且她還回答了那紅帽腳夫的話：「感謝關心，只是因為音信全無，這段時間究竟境況如何我也無從得知。」這麼一說，那紅帽腳夫就接話道：「那我替您去看望一下他吧。」說是去看望，可丈夫遠在地中海，千枝子這時才開始覺得這個素昧平生的紅帽腳夫的話不免太過蹊蹺。可是就在她想著如何回應的時候，那紅帽腳夫對她略施一禮，悄無聲息地隱入人群之中。自那之後，千枝子無論如何搜尋，也再沒看到過那個紅帽腳夫的身影。不，與尋不見那個腳夫相比，更加不可思議的是，千枝子說連打過照面的紅帽腳夫的相貌也怎麼都想不起來了。

在遍尋不著那個紅帽腳夫的同時，千枝子覺得自己看到的每一個紅帽腳夫都像那個人，所以千枝子雖然找不到那個古怪的紅帽腳夫，卻總覺得他一定就在身邊監視著自己。這麼一來別說是去鎌倉了，光是留在車站就讓她覺得渾身不自在。於是，她急匆匆地連傘都沒打，冒著大雨夢遊般地逃出了車站。當然啦，千枝子的那些話也可以歸咎於她的神經質，那個時候她不是還得了很嚴重的感冒嗎？隔天開始，她整整三天持續高燒，還說了一堆好像在跟丈夫對話似的胡話，像什麼「老公，請原諒我」、「為什麼你還不回來」之類的。但是鎌倉之行的後遺症影響深遠，即使在大病痊癒後，只要一提到紅帽腳夫這個話題，千枝子仍會像回到那天一樣神情陰鬱，言語間也會變得不安起來。而且為此還有過這樣可笑的經歷：因為看到某個水路貨運行招牌上紅帽腳夫的畫像，她就放棄出行直接回家。

不過一個月後，她對那個紅帽腳夫的恐懼心理也大致消退了，還曾和我妻子笑談說：「嫂子，那個叫什麼泉鏡花的作家的小說裡，不是有一個長著貓臉的紅帽腳夫嗎？我偶遇的那些古怪事，可能是因為讀了那本小說後受到了影響吧。」可是三月的某一天，她又被紅帽腳夫給嚇到了，自那之後直到丈夫回來，千枝子是無論如何都絕不再去車站了。你出發去朝鮮的時候，那孩子沒來送行，也是因為害怕那個紅帽腳夫再出現。

三月的一天，她丈夫有個駐守美國兩年的戰友回國，千枝子為了迎接他，一早就出門了。你曉得的，那一帶因為地處偏僻，即使在白天也很少有人經過。就在那條空蕩蕩的路邊，有一輛賣風車的小貨車好像被遺忘般地丟棄在那裡。那天正好是一個大風的陰天，小貨車上插著的五彩風車令人目眩地轉動著。好像僅僅是看到這番景象，就足以讓千枝子心生不安了。她不經意地看嚮往來的行人，卻見到一個戴著紅色帽子的男人背對著她蹲在那裡。那自然應該是賣風車的人了，估計他是在抽煙吧。只是看到那頂紅色的帽子後，千枝子頓時產生了某種預感，覺得如果去車站的話，又會遇到什麼詭異的事情，以至於起了打道回府的念頭。

不過，最後她還是去了車站，順利地接到了人，接下來也都再無異常。只是當丈夫的戰友在前面隨著人群準備邁過光線昏暗的檢票口時，不知是誰在千枝子身後輕聲道：「您丈夫的右手腕受傷了，因此才沒能給您寫信呢。」千枝子猛地回頭看去，然而身後並沒有紅帽腳夫或是其他什麼人，有的只是相熟的海軍將校夫婦。這對夫婦自然沒理由突然說起這種事。雖說這句話真是有些詭異，大概是因為沒有看到紅帽腳夫的蹤影，千枝子也就放鬆了警惕，不再理會。她走出檢票口，便和其他旅客一起，在月臺目送丈夫的戰友搭車離開。這時候，從她身後再次傳來清晰的搭話聲：「夫人，您丈夫可能下月中旬就回來了呢。」千枝子再次四下張望，在身後送行的男男女女中確實沒有紅帽腳夫。雖然身後並沒有，在她面前卻有兩個腳夫正在往車上裝行李。不知怎的，其中一個在路邊看著千枝子，還咧嘴笑了一下。千枝子在看到那一幕的瞬間，彷彿是看到四周的行人都靜止了，刷地變了臉色。可是當她沉下心來想再仔細查看時，剛才清楚看到的兩個紅帽腳夫，此時卻只剩下一人在那整理行李了，而且剩下的那人與方才衝自己笑的分明不是同一個。要問她這次是否記住了那個衝自己笑的紅帽腳夫的臉，她記憶裡依然是一片模糊。無論怎麼努力回想，能想起來的也只是那人頭上戴著紅色的帽子，五官卻早已模糊了。這是從千枝子嘴裡說出來的第二件奇聞。

又過了一個月，你就奔赴朝鮮去了。我記得差不多就是那個時候，她丈夫真的回來了，而且右手腕還真的受了傷，所以紅帽腳夫的說法也與事實不可思議地吻合。我妻子和當時的一些人還笑她說：「千枝子是太過思念夫君，所以才有此心靈感應的吧？」又過了半個多月，千枝子夫婦就前往她丈夫任職的佐世保去了。大概就是將到未到的時候，我接到了她的信，信上令人吃驚地寫了她的第三件奇聞。內容是說，千枝子夫婦離開中央車站的時候，替他們搬運行李的紅帽腳夫突然靠近了已經開動的火車車窗，像是要打招呼般探過臉來。僅僅是掃了一眼那人的長相，就讓千枝子的丈夫變了臉色，似乎是難以啟齒地道出了實情。她丈夫的艦隊靠岸馬賽的時候，他和幾個戰友一起去了一家咖啡廳。突然，一個紅帽腳夫打扮的日本人走到他們桌旁，自來熟地打聽起他的近況。在馬賽的大街上，有個日本的紅帽腳夫在閒晃，自然是沒有道理。但是她丈夫也不知怎的，居然沒有覺得有什麼奇怪之處，還說了自己右腕負傷以及歸期將至的事。期間，一個喝醉的同事把喝光的葡萄酒杯碰倒了。他受驚環顧四周的時候，那個紅帽腳夫不知何時已經從咖啡館裡消失了。那傢伙到底是什麼人物——時至今日他回想起來，雖然當時眼睛看得很清楚，卻還是分不清這是夢境還是現實，甚至連同事們對這個紅帽腳夫出現的事情，也表現得好像根本沒注意到一樣，所以後來他就沒再打算跟別人說起這件事。但是回到日本後，千枝子卻說已經遇見過兩次奇怪的紅帽腳夫。那麼在馬賽遇見的，要說也是這個紅帽腳夫吧？不過，這也太過奇怪，太過想入非非了。另外，他也怕被人嘲笑在榮譽遠征途中，盡想著老婆的事情，於是一直保持沉默至今。但是，看到剛剛那個探出頭來的紅帽腳夫，跟馬賽咖啡館內的男人長得竟然分毫不差——她丈夫說完這些，久久不能言語。隨後又不安地低聲道：「但這不是很奇怪嗎？雖說相似到連眉毛都不曾有出入，我卻回憶不出那個紅帽腳夫的長相。只是在隔著窗子看見那張臉的瞬間，覺得就是那個傢伙……」村上說到這裡，有三四個貌似他朋友的人進了咖啡館，走近我們桌邊，連聲向他打著招呼。我站起身。

「那麼我先失陪了。我回朝鮮前會再來拜訪你的。」我走出咖啡館，不覺長長吐出一口氣。三年前，千枝子兩次打破約定，沒來中央停車站和我私會，只簡單地寫信解釋說要做一個貞潔賢淑的妻子，直到今晚我才第一次明白了其中的緣由……

大正九年（1920）十二月

黑衣聖母

“

於此涕泣之穀，哀漣歎爾。

祈我等之主保，聊以回目丶憐視我眾……其寬哉，

仁哉，甘哉，卒世童貞瑪利亞[2]。

——*Credo*[3]

”

「你覺得如何？看這個。」田代君一邊說著，一邊將一尊瑪利亞聖像放在桌上展示。

所謂瑪利亞聖像，就是查禁天主教時期，天主教徒們經常用來替代聖母瑪利亞參拜的聖像，多為白色瓷雕。但是這次田代君展示給我的瑪利亞聖像，是即使在博物館的陳列室，或是頂級收藏家的藏品中也不曾出現過的。

首先，這尊一尺高的立像，除了面部，其餘地方完

全由黑檀木雕刻而成。不僅如此，雕像頸項上十字架形的瓔珞頸飾也是由黃金和青貝鑲嵌的，做工極其精巧。聖母的面部由精美的象牙雕刻而成，只在唇上添加一抹如珊瑚般的朱紅色。

我雙手環抱胸前，沉默著，長久地凝視黑衣聖母那嬌美的容顏。凝目之時，我總覺得在那象牙面龐的某處，神情中透著古怪。不，僅僅說是古怪還不夠，用我的話說，那整張面龐上彌漫的表情，甚至可以稱得上是帶有惡意的嘲諷了。

「你怎麼看？就這個雕像。」田代君臉上浮現出所有收藏家共有的洋洋自得的微笑，視線來回穿梭在桌上的瑪利亞聖像和我的臉上，又問了一遍。

2. 此處原為葡萄牙語，原文是VirgenSantaMaria。

3. Credo，拉丁語，意思是基督教的信條，但是此處的引用應為《聖母頌》裡的《萬福瑪利亞》的一節，此處為芥川的誤引。

「這確實是件稀世珍品，不過，不知怎的，那面相看起來總有些古怪呢。」

「說不上是盡善盡美的品相吧。不過話說回來，關於這尊瑪利亞聖像還有一段奇聞呢。」

「奇聞？」我的視線不由得從瑪利亞聖像上移到了田代君的臉上。田代君帶著意料之外的認真神情，輕巧地從桌上拿起瑪利亞聖像，卻又迅速將之放回了原處。

「是啊，和那種轉禍為福的聖母像不同，這可是一尊轉福為禍的不吉利的聖母像呢。」

「還有這種事？」

「事實上，她的擁有者確實遇到了這樣的事情。」田代君坐到椅子上，似乎若有所思，帶著陰鬱的眼神，

對我招手示意了一下，像是要我坐到桌子對面的椅子上。「真有此事？」

當我在椅子上落座時，用自己都沒有想到的古怪腔調問道。田代君比我早一兩年大學畢業，是有名的高等法學才子。而且，至少在我認知的範圍內，還沒有聽聞他對所謂的超自然現象有絲毫興趣和信仰。從一位極有教養的新思想家口中說出這種奇聞，僅就這一點而言，足見此事絕非什麼荒誕無稽的鬼話。

「千真萬確？」我忍不住再問了一遍，田代君一邊用火柴點燃煙斗，一邊回答：「這個嘛，就只能由你自己來判斷了。不過無論如何，這個瑪利亞聖像確實有個不吉利的傳聞。如果你不覺得無聊的話，且聽我細細道來吧。」

在入我手前，這尊瑪利亞觀音的主人是新潟縣某村一個姓稻見的大戶人家。當然，那時候這雕像不是作為古董，而是作為祈求家族興旺繁榮的聖像被供奉的。

那個稻見家的當家，正好跟我是同期的法學學士，不但與大公司有合作關係，還涉足銀行業，是相當厲害的實業家。因為這層關係，我也曾讓過他幾次薄利。大概是心存感謝吧，那年稻見來東京，順帶將這個家傳的瑪利亞聖像送給了我。

我所說的奇聞，也是那個時候聽稻見親述的。當然，他本人對於這個不可思議的奇聞是談不上相信的，只是聽了他母親說的奇聞之後，將這尊聖母附帶的故事說給我聽聽而已。

那應該是稻見的母親十歲或是十一歲那年的秋天，說到年代，應該是「黑船」滋擾浦賀港口的嘉永末年。稻見母親的弟弟那時才八歲，名叫茂作，患了重症麻疹。稻見的母親叫作阿榮。自從兩三年前，雙親死於急性傳染病，阿榮和茂作姐弟倆就是由年過七十的祖母一手撫養的。因此茂作病重後，對於祖母這個已經切髮[4]、心生歸隱之意的人而言，又是接二連三的打擊。儘管醫生拼盡全力，但是，茂作的病情只是一味惡化，在不到一周的時間裡，已經到了離死亡僅一步之遙的境地。

就是這種情況下，某天夜裡，祖母突然闖入了正在熟睡的阿榮的房間，無視阿榮還沒有完全醒過來，將之抱起，不假他人之手，利索地為阿榮穿好了和服。阿榮好像還在做夢般迷迷糊糊時，祖母已經牽著她的手，帶著她走過在紙燈籠微弱的光芒照射下顯得空蕩蕩的走廊，進入了即使白天一般也不會進入的儲藏室。

儲藏室裡有一座白木神龕，自古便供奉著防止火災的穀神。祖母從衣袋裡拿出鑰匙打開了儲藏室的門，但是透過紙燈籠的光看過去，在古舊的錦緞垂簾後面，端端正正擺放的聖像不是別的，正是這尊瑪利亞聖像。阿榮看到這尊塑像的時候，覺得深夜寂靜無聲的儲藏室突然陰森恐怖起來，不假思索

4. 切髮，武士家未亡人等的束髮方式。

地伏在祖母的膝頭，抽泣著哭出聲來。然而祖母卻一反常態，對於阿榮的哭泣不加理會，端坐在瑪利亞觀音的神龕前，恭敬地在額前畫十字，口中念起阿榮聽不懂的禱告詞來。

大約過了十多分鐘，祖母悄然抱起孫女，安撫地拍哄著阿榮的臉頰，並讓她在自己身邊坐好，然後再次向著黑檀木的瑪利亞聖像祈禱，這一次說的內容阿榮也聽懂了。

「聖母瑪利亞，天地在上，我此番前來只為祈求您庇佑我今年八歲的孫兒茂作，以及就在我身邊的茂作的姐姐阿榮。如您所見，阿榮尚未到出嫁的年齡。如果現在茂作有什麼意外，稻見家恐怕就此後繼無人了。懇請您保佑茂作，不要讓那樣的不祥之事降臨。若嫌吾輩虔心未至，至少請在我一息尚存之時，保我孫子茂作不死。吾輩年事已高，雖一心虔誠侍主，但恐來日不多。不過在我離世前，若無意外的話，孫女榮兒也應到適婚的年齡了。蒙聖母垂憐，願那死亡天使之利刃在我長眠之前，遠離我的孫子茂作。」

祖母俯下那束成切髮式的頭，如此這般虔心乞求著。當話音落下之時，也許是心理作用吧，據說在一臉惶恐的阿榮眼中，瑪利亞聖像好似面露微笑一般。阿榮輕輕地叫了一聲，再度伏在祖母的膝蓋上。但是祖母卻顯得心滿意足，一邊拍撫著孫女的後背，一邊反覆說著：「來，準備回去吧。聖母瑪利亞已經聽到我這老婆子的祈求了。」

待到天色變白時，也許果然是祖母的祈禱靈驗了，茂作的燒比起昨天要退了些。而且此前他一直是半昏迷的狀態，現在也恢復了意識。看到這一幕，祖母的喜悅之情真是溢於言表。稻見的母親說，那一刻祖母邊笑邊落淚的神情，她至今也無法忘懷。

後來，祖母看到抱病的孫子熟睡的模樣，自己連夜看護的疲乏之感突然湧來，就打算去稍事休息了。於是，她罕見地在與病房相鄰的房間打了地鋪，躺下休息。

根據田代君的描述，那時阿榮正坐在祖母枕邊，玩著玻璃球，看著年邁的祖母耗盡心神，筋疲力盡，彷彿死人般倒頭就睡。可僅僅過了大約一個鐘頭，照看茂作的中年女傭輕輕拉開了隔壁房間的隔扇，用略帶驚慌的語氣輕聲喚道：「小姐，請叫醒老夫人。」還是小孩子的阿榮趕忙來到祖母身邊，一邊拉扯了祖母棉睡衣的袖子幾下，一邊叫著：「奶奶，奶奶。」但是，平日淺眠的祖母，今天卻無論怎麼呼喚都不見回應。女傭此時也覺察有異，走了進來。一看到祖母的神情，她便好似發瘋般地突然拉扯著老夫人的棉睡衣，帶著哭腔高喊著：「老夫人，老夫人！」但是祖母眼周泛著彷彿凝固般的淡紫色，紋絲未動地安睡著。不一會兒，另一個女傭慌亂地拉開隔扇，帶著一臉的驚慌失措，用顫抖的聲音喚道：「老夫人——小少爺他——老夫人……」不用多問，即便是阿榮也能聽出，女傭口中的「少爺他——」是在告知茂作病情惡化一事。然而，祖母依然是那樣，對此時女傭伏在枕邊哭泣的聲音充耳不聞，始終緊閉雙眸。

那之後不到十分鐘，茂作也漸漸停止了呼吸。瑪利亞按照約定，一直到祖母離世，都不曾取走茂作的生命。

田代君的故事說到這裡，再次抬起陰鬱的雙眼，長久地注視著我。

「怎麼樣？你認為這個傳說是否屬實呢？」我遲疑著。「這個嘛——但是——該怎麼說好呢。」

田代君略微沉默了一會兒，然後再次點燃了已經熄滅的煙斗。

「我覺得是確有其事吧，但是，那是否為稻見家的聖母像作祟，我仍心存懷疑。不過話說回來，你還沒有看到這尊瑪利亞觀音底座的碑文吧，請看一看，在這裡刻著一行外文：DESINE FATA DEUM LECTI SPERARE PRECANDO（你的祈禱無法左右上帝的意志）……」

我不由得用恐懼的目光注視著這尊彷彿代表著命運的瑪利亞聖像。聖母穿著黑檀木外衣，那張美麗的象牙面龐上帶著惡意嘲弄的微笑，彌漫著永久的森冷氣息。

大正九年（1920）五月

影子

﹀橫濱﹀

日華洋行的老闆陳彩穿著西裝，將兩肘支在桌子上，叼著已經熄滅的雪茄。今天，他也置身於成堆商務檔的一片繁忙中。

掛著印花窗簾的屋裡，殘暑一成不變的寂寥令人窒息地充斥其間。打破寂靜的，只有從散發著清漆味的門外，偶爾傳來的微弱的打字機聲。

處理好一堆檔後，陳先生突然想起什麼似的將桌上的電話聽筒舉到耳邊。

「請接通家裡的電話。」

從陳先生嘴裡吐出的語句，竟出奇地是底氣十足的日語。

「誰啊？——女傭？——請讓夫人接一下電話。——是房子嗎？——我今晚要去東京。——是的，就住在那邊了——回不來了吧——好像趕不及火車——那就拜託了——什麼？請過醫生了？——那不過是精神衰弱罷了，好了好了，就這樣，再見。」

陳先生把聽筒放回原位，不知為何臉上烏雲密佈，用肥胖的手指劃著火柴，抽起嘴裡的雪茄來。

煙草的氣息、花草的味道、刀叉碰觸餐盤的聲音……房間的一角響起走調的歌劇《卡門》的音樂。陳先生在這一片嘈雜中，啜飲著面前的一杯啤酒，獨自一人茫然地把手肘支在桌子上。他的四周全是那些讓人眼花繚亂的存在：客人、夥計、電扇。只是他的視線，從剛才起，就一直緊盯在收銀台後面的女子的臉上。

女子從外表看來好像還不滿二十歲，正背對著牆上的鏡子奮筆疾書，忙碌地填寫著帳單。那額上的卷髮、輕描淡寫的腮紅，以及樸素的青瓷色襯領——陳先生將啤酒一口飲盡，緩緩地抬起肥碩的身子，向收銀台走去。

「陳先生，你什麼時候給我買戒指啊？」女子這麼問著的同時，手下依然不停地寫著。

「等你把那枚戒指丟掉的時候吧。」陳先生一邊摸索著硬幣，一邊衝女人的手指努努嘴。那裡從兩三年前，就戴有一枚表示已訂婚的金戒指。

「那就今晚買來吧。」女人猛地拔下戒指，和帳單一起撂到他面前。「這可是我的護身戒指。」

咖啡店外的馬路上，夏夜清涼的晚風吹拂著。陳先生穿梭在紛亂的人群中，幾度仰望街道上方的星空，群星也只有今夜才如此……

有人在敲門，將陳彩的思緒拉回到一年後的現實。「請進。」話音未落，散發著清漆味的門被輕輕推開了，臉色蒼白的秘書今西走了進來，動作安靜得嚇人。「有您的信。」陳先生沉默地點點頭，臉上帶著一絲不快，今西也不敢開口問，便用冷靜的目光致意過後，便留下一封書信，接著又像剛才那般，悄無聲息地走到門外的房間去了。

房門在今西身後闔上，陳先生將雪茄丟進煙灰缸，拿起桌上的信。那是一封白色西洋信封，上面用打字機打著收件人姓名，和普通商務信函別無二致。只是將信件拿在手裡時，陳先生的臉上浮現出難以言喻的厭惡神情。

「又來了。」陳先生皺起粗眉，頗感厭惡地咂著嘴。儘管如此，他還是把腳後跟搭在桌子邊上，幾乎仰躺在轉椅上，連裁紙刀都不用，直接將信撕開。

「敬啟：尊夫人不守婦道一事，已警告再三……時至今日，閣下仍未做出相應舉措……以致尊夫人與舊情人日夜相伴……房子夫人作為日本人，並曾當過咖啡店侍女，這樣的夫人做出此事，我對於作為中國人的閣下您，不能不說是萬分同情……如果您今後還不與妻子離婚，閣下怕是要遭萬人恥笑了。我的一番苦心還請見諒……敬拜。您忠誠的朋友。」

陳先生手一鬆，任由信紙飄落在地上。

陳先生靠在桌旁，在透過蕾絲窗簾照進來的落日餘暉下，看向桌邊的女式金錶。不過，錶蓋上刻著的文字好像並非房子姓名的首字母。

「這是怎麼回事？」

新婚不久的房子佇立在大衣櫃前，隔著桌子衝丈夫莞爾一笑。

「從田中先生那裡得來的。你還記得他吧？就是貨倉公司的——」

她又往桌子上擺了兩個裝戒指的盒子。她打開白色天鵝絨的盒蓋，一枚是珍珠的，另一枚是土耳其古玉的。

「這是久米先生和野村先生給的。」接著，她又拿出珊瑚珠的發簪。

「古色古香吧，這是久保田先生給的。」之後，妻子又拿出了什麼，陳先生彷彿渾然不覺一般，

只是注視著妻子的臉，說出了下面那句經過深思熟慮的話。

「這可都是你的戰利品，一定要妥善保管呢。」

聽到這裡，在夕陽的映照下，房子再次展露出那嬌豔的笑容。

「那麼說，這些也是你的戰利品了。」

那時候，他的心境還是比較輕鬆愉快的。只是現如今……

桌上的電話突然響起刺耳的鈴聲，嚇得陳先生打了個寒戰，連忙把搭在桌上的腳放下來。

「是我——可以——轉接過來吧。」他對著話筒，焦急地抹了把汗。

「你是？——我知道你是里見偵探事務所，事務所哪位？——吉井先生？——好的。現在彙報？——什麼來了？——醫生？——然後呢？——那也有可能。——還是請來一趟車站吧。——不，一定能趕上末班車回去的。——請確保萬無一失。再見。」

放下聽筒的陳彩，簡直像失了魂一般，就那麼沉默地坐著。最後，他終於看著座鐘的指標，半機械性地按下了傳喚電鈴。

秘書今西應聲而來，從微微敞開的門後面探出半截身體。

「今西，請轉告小鄭，拜託他今晚代替我去一趟東京。」

陳先生的聲音不知何時失去了原有的力度。然而，今西只是按照慣例，冷靜地用眼神致意後，就退到了門後。這時候，夕陽逐漸被雲層覆蓋，連穿過印花窗簾射進屋內的光線也添上了一抹暗紅色。一隻巨大的飛蠅，不知道從哪裡飛了進來，拍動著翅膀，發出沉悶的聲音，圍繞在托腮發呆的陳先生身邊，在空中畫出不規則的圓形。

《鐮倉》

陳彩家的客廳裡，垂掛著蕾絲窗簾的窗外，同樣迎來了夏末黃昏的景象。即將消失的陽光照耀著窗簾，依然盛放的夾竹桃為房間裡的涼爽空氣增添了清新明快的氣息。

房子倚在牆邊的籐椅上，撫摸著膝頭的花貓，用憂鬱的眼神掃過窗外的夾竹桃。

「先生今晚也不回來嗎？」照顧起居的老女傭一邊收拾那邊桌上的紅茶茶具，一邊問道。

「是啊，今晚又要孤枕難眠了。」

「不過夫人總算身體無恙，也可以稍感放心了吧——」

「今天山內大夫也說了，我的病，只是神經衰弱。只要好好睡個兩三天——哎呀！」

僕人嚇了一跳，目光投向主人。房子那孩子般的臉上浮現出從未見過的驚恐神色，連瞳孔也清晰地擴張了。

「您怎麼了，夫人？」

「不，沒什麼。應該沒什麼吧，可是——」房子勉強露出微笑：「剛剛好像有人從窗戶外偷看屋子裡——」

然而，當女僕快速地看向窗外時，卻只能看到空無一人的庭院草坪後，那一片風中搖曳的夾竹桃園圃。

「唉，真討厭啊，一定又是隔壁的小孩來惡作劇了。」

「不是，根本不是隔壁的小孩。總覺得在哪見過。——對了，就是那次我和阿婆你們去長谷時，跟在我們身後那個戴著鴨舌帽的年輕人。還是說

——一切都是我太敏感了呢？」

房子努力回想著，慢慢說出後面的話。

「如果是那個男人的話，可怎麼辦才好呢？主人今晚又不回來，要不要去找個老男僕或是員警來呢？」

「哎呀，阿婆你真是膽小呢。那樣的人再來幾個，我也一點都不怕。但是如果，如果是我太過多慮的話——」

老女僕猶疑地眨著眼睛看著房子。

「如果是我太多慮的話，我可能會因此發瘋的。」

「夫人您竟然還喜歡開玩笑。」老女僕安下心來微笑著，又開始收拾起茶具來。

「不是的，那是阿婆你不知道，這段時間只要我一個人待著，總覺得有人站在我背後。感覺他就那麼站著，然後一直注視著我。」

房子這麼說著，目光也好像被她的話語影響，突然變得憂鬱起來。

在熄了燈的二樓臥室裡，夜色彌漫著淡淡的香水味，向四周擴散開來。只有從不拉窗簾的視窗微微敞開處，能看見有月光透過來。房子正沐浴在那月光下，獨自佇立在床邊，眺望著面前的松林。

丈夫今夜也不回來。而下人們都已經安靜地睡熟了。連窗外的庭院月夜，也只有風輕輕地拂動著。靜逸中，一個低淺沉悶的聲音遠遠傳來，像是延綿不絕的海浪拍打聲。

房子站了一會兒，然後，一種奇怪的感覺在她心中萌發。她感到有人站在她身後，視線始終集中在她身上。

但是，臥室裡除了她之外，絕無第二個人存在。萬一有人闖進來的話，不，她確定在睡前鎖好了房門。那為何會有這樣的感覺呢？是了，一定是神經衰弱的緣故。她俯視著朦朧的松林，反復思索著。只是，有人在旁邊看著她的念頭，無論她怎麼拼命想打消，卻一徑愈發地強烈起來。房子終於下定決心，戰戰兢兢地回頭望去，但是，甚至連養在臥室裡的花貓也沒見著。這果然是病態的神經在作怪吧——只是這種想法就如同說出來的話一樣，只存在了短短一瞬間。房子很快又像剛才一樣，感到有什麼看不見的傢伙潛伏在佈滿寢室的夜色中。跟以前相比更無法忍受的是，這一次那傢伙的眼睛是從正面熾熱地盯在房子的臉上。

房子全身抖個不停，把手伸向身邊的牆壁，猛地按亮了電燈開關。只見熟悉的臥室裡，交織著月光的陰影轉瞬間回歸了現實。床榻、大衣櫃、梳妝檯，這一刻全都沐浴在亮如白晝的燈光中，令人欣喜地展現在眼前。這些物件都和她一年前與丈夫結婚時完全一樣。身處這樣的幸福之中，無論是什麼可怕的幻覺也……可是，那可怕的生物對刺眼的燈光卻毫不畏懼，眼珠一刻不停、一動不動地注視著房子的臉。她用雙手捂住臉，拼命想要喊叫，但是聲音卻怎麼也發不出來。那一刻對她而言，是前所未有的恐懼……

房子長長地呼出一口氣，同時也掙脫了一周以前的記憶。這時候，趴在膝上花貓從她腿上跳下去，弓起毛色柔美的後背，舒服地伸了個懶腰。

「這種事情誰都可能遇到呢。男僕們也說過，有時他們在修剪庭園的松樹時，大中午的還會聽到空中有小孩子的笑鬧聲。也沒見他們發瘋，反而一開下來就對我抱怨。」

老女僕一邊舉起茶具的託盤，一邊好像安慰孩子般這麼說著。聽到這些，房子的臉上才微微露出笑容。

「一定是隔壁的小孩子在調皮搗蛋呢。要是連這種事情也大驚小怪的話，那些男僕們早就精神錯亂了。哎呀，說話的工夫，天都已經黑了。還好今晚先生不回來。洗澡水怎麼樣了，阿婆？」

「應該已經準備好了，我再去看看吧。」

「不用了，我這就去浴室。」

房子終於輕鬆下來，從籐椅上站起身。

「今晚隔壁的孩子們還會放煙花吧。」

老女傭在房子身後安靜地退下，夾竹桃已經被夜色籠罩，只留下一室的昏暗，空空蕩蕩。無視兩人的小花貓，好像看見什麼似的，猛地躥到了門口，隨後的舉動就彷彿在磨蹭某人的腳踝一樣。但是，彌漫在房間裡的暮色中，除了花貓的雙眼散發著令人毛骨悚然的磷光之外，看不到任何其他人存在的跡象……

《橫濱》

日華洋行的值班室裡，秘書今西蜷縮在長椅上，在不太亮的燈光下翻看著新出版的雜誌，不過，隨後他就將那本雜誌隨意地甩在身邊的桌子上，小心翼翼地從上衣內袋裡拿出一張照片。當他看照片時，蒼白的臉頰上不覺浮現出了幸福的微笑。

那是一張陳彩的夫人房子梳著裂桃式頂髻的半身像。

夜空繁星滿天，回蕩著下行末班車的車笛聲。陳彩走出檢票口，獨自一人提著折疊包，打量著空曠的車站。燈光昏暗的牆壁旁，有個高大的男人坐在長椅上，看到陳彩，他便拖著粗粗的藤條拐杖，慢吞吞地向這邊走來。他爽快地摘掉鴨舌帽，壓低了聲音招呼道：「您是陳先生嗎？我是吉井。」

陳彩面無表情，用敏銳的目光打量了一下吉井。

「今天真是辛苦你了。」

「剛剛我們通過電話——」

「那之後還發生了什麼？」

陳彩的語氣裡有一種拒對方的話語於千里之外的力度。

「什麼也沒發生，在醫生離開後，夫人一直到傍晚都在跟女僕說話。泡澡和用餐完畢後，一直到大約十點，都在聽留聲機。」

「家裡沒來客人嗎？」

「沒有，一個人也沒有。」

「你什麼時候結束監視的？」

「11 點 20 分。」

吉井的回答乾脆俐落。

「此後直到末班車前，再沒有列車通行了吧？」

「沒有了，上行或下行的都沒有了。」

「好，謝謝，回去後給里見先生帶好。」

陳彩捏著草帽的帽檐，看也不看一眼脫帽致敬的吉井，大踏步地走向車站外的石子路面。那樣做看起來真是傲慢無禮，不過吉井只是目送陳彩的背影遠去，微微聳了聳肩。然後，他立刻轉換了情緒，吹著輕快的口哨，拖著粗粗的藤條拐杖向車站前的旅館走去。

〈〈 鎌倉 〉〉

一小時後，陳彩發現自己正在他們夫妻臥室的門外，彷彿盜賊般地豎著耳朵，專注地窺視著四周的動靜。在臥室外的走廊上，夜色彷彿凝固一般，遮蔽了一切。黑暗中只有一處隱約可見的亮光，那是從鎖眼裡透出的燈光。

陳彩好不容易壓抑住即將衝破胸膛的心跳聲，把全部的注意力都集中在緊貼門口的耳朵上。但是，臥室裡什麼動靜也聽不到。這沉默對陳彩而言，簡直是更加難以忍受的譴責。在眼前的一片黑暗中，他好像再次清楚地看見了從車站過來的途中那意料之外的景象。

……枝葉交錯的松樹下，被露水打濕的沙子鋪成一條細長的小路。這條小路被重重松枝覆蓋著，天空中無數閃爍的繁星也無法為它帶來多少光明。但是，從吹拂過稀疏芒草的海風中，可以判斷這裡靠海很近。陳彩從剛剛開始就獨自一人，伴隨著夜色裡更顯濃郁的松脂香，在這寂靜的黑暗中小心地挪動步子。

突然，他停下腳步，向著前進的方向投去疑惑的目光。倒不是因為距他幾步之遙的地方，已經可以看到自家的石磚圍牆了，而是因為他突然聽到了偷偷摸摸的腳步聲從那被常春藤遮蔽的古色古香的圍牆附近傳出來。

也許是松樹和芒草的陰影太重，無論他怎麼看，都看不到最關鍵的人影。他突然注意到，那腳步聲不是向著自己的方向，而是朝著相反方向走過去的。

「胡思亂想，又不是只有我能走這條路。」

陳彩在心中責備著自己的多疑。只是，這條路除了直通他家的後門之外，應該是通不到別處的。這樣看來——腦中冒出這個想法的瞬間，與撲面而來的海風一起，隱隱約約地傳來了後門開啟的聲音。

「真是活見鬼了，那後門我今早查看過，應該是鎖好的。」

陳彩這麼想著，像察覺到獵物的獵犬般，一邊提高警惕留意周圍，一邊快步向後門走去。但是，後門是關著的，即使用力推，也絲毫沒有被推動的可能，如同往常一樣，後門是鎖著的。陳彩靠在門上，在及膝的野草中茫然地佇立了好一陣子。

「我明明聽見開門聲的，難道是我聽錯了？」

剛才的腳步聲，也已經聽不到了。常春藤覆蓋的圍牆上，他的住處靜悄悄地矗立在星空下，裡面一團漆黑。陳彩心裡突然一陣悲從中來。為什麼會如此悲傷，連他自己也弄不明白，只是就這樣站在這裡，聽著寂寥的蟲鳴，眼淚就自然而然地順著臉頰靜靜地流淌下來。

「房子。」

陳彩幾乎是呻吟著，無比眷戀地喚著妻子的名字。

在那一瞬間，頭頂上，二樓的一個房間裡，出人意料地亮起了刺眼的電燈。「那扇窗戶——那是——」

陳彩緊張地屏住呼吸，緊抓住手邊的松枝，視線彷彿攀爬上牆壁一般，看向二樓的窗戶。那扇窗戶二樓臥室大敞的窗戶內，可以看到明亮的室內。而從窗裡散發出的燈光，照亮了圍牆內茂盛的松樹枝頭，朦朧地投射進夜空中。

令人費解的事情還不止這些，從二樓的床邊浮現出一個朦朧的人影，好像在望著這邊似的。不巧燈光從後方照射過來，讓他無法判斷此人的容貌。

只是從姿態上看，可以確定不是女人。陳彩下意識地握住了常春藤，借此支撐自己就要倒下的身體，口中溢出斷斷續續的痛苦話語。

「那封信——難道——連房子也——」

片刻過後，陳彩偷偷地翻過圍牆，在庭院的松樹間穿過，順利地來到了二樓的正下方——樓下客廳的窗邊。那裡同樣有一叢嬌豔欲滴的夾竹桃，被露水浸潤了花葉……

陳彩站在外面漆黑一片的走廊上，咬著乾渴的嘴唇，滿懷嫉妒地豎起耳朵。因為從二樓的地板上，又傳來兩三下躡手躡腳的腳步聲，正是剛剛在外面時他聽到過的。

腳步聲很快就消失了。不久之後，陳彩又聽到刺耳的關窗聲，撩撥著他亢奮的神經。再然後，又是一次長久的沉默。

那沉默像榨汁機一樣，從陳彩失去血色的額頭上榨出黏稠的冷汗。他用顫抖的手哆哆嗦嗦摸索著門把手。把手在門鎖的下方，他很快就摸到了。

這時候，他突然聽到好像梳子或髮卡啪嗒掉在地上的聲音。只是無論他怎麼側耳傾聽，卻遲遲沒有聽到東西被撿起來的聲音。

這每一聲響動都一下下打在陳彩的心上。此時，他整個人都戰慄著，可儘管如此，他依然頑固地將耳朵緊貼在臥室門上。從他不時投向四周的狂亂眼神中看得出，他此刻已經到了極度亢奮的狀態。

痛苦難耐的幾秒鐘過後，從門裡傳來依稀的歎息聲。轉念間，有什麼人在輕手輕腳地翻身上床。

如果這樣的狀態再持續一分鐘的話，陳彩可能真會在門前昏過去。但是，就在此時，他的目光捕捉到從門裡流瀉出的一線恍若天啟般的朦朧燈光。陳彩蹲踞在地上，從門把手下的鎖眼裡，專注地看向室內。

一剎那間，映入陳彩眼中的是如永久詛咒般的景象……

秘書今西把房子的照片放回到上衣內袋裡，靜悄悄地從長椅上站起來，像往常一樣，悄無聲息地進入了漆黑的隔壁房間。

隨著按下開關的聲音響起，隔壁房間立刻被照亮了。那房間裡檯燈的光芒，投射在不知何時已坐在打字機前的今西身上。

今西的手指飛快地敲擊著，讓人眼花繚亂。與此同時，打字機也連續地發出敲打聲，在一張紙上打出斷斷續續的幾行文字。

「敬啟：尊夫人不守婦道一事，已不用再多加描述。然而閣下您一味溺愛……」

今西的臉上此刻蒙著一層憎惡的表情。

陳彩臥室的房門被衝破了。但是，除了房門外，屋裡的陳設——床、大衣櫃、洗臉台，甚至連明亮的燈光，一切的一切都與從前別無二致。

陳彩佇立在房間的角落，看著床前兩人重疊的身影。其中一個是房子——或者說，是直到剛才為止，還被認為是房子的「東西」。那漲紫著臉的「東西」，半吐著舌頭，半瞇著眼睛看著天花板。另一個人是陳彩，是和房間角落裡的陳彩分毫不差的同一個人。他壓在曾是房子的「東西」上，雙手的手指收緊，指甲都深嵌入對方的喉嚨裡。然後，他把那不知是生是死的頭靠在房子裸露的乳房上。

沉默的幾分鐘過後，地上的陳彩仍痛苦地喘息著，緩緩支起肥胖的身軀。

但是，他剛一艱難地站起來，很快又像要摔倒般，坐到一旁的椅子上。

這時候，在房間一角的陳彩，靜靜地從牆壁邊離開，向曾是房子的「東西」靠近，然後用無限悲傷的目光看著那漲紫的臉龐。

椅子上的陳彩好像此時才注意到他的存在，發瘋般地從椅子上站起來，在他臉上——那瘋狂的眼中閃現出淒厲的殺意。然而，在看清對方的樣貌後，那殺意慢慢變成了不可言喻的恐懼。

「你是誰？」他站在椅子前，發出好像被扼住喉嚨般的聲音。

「剛才在松林中行走的人——偷偷從後門潛進來的人——在這窗邊看著外面的人——把我的妻子——把房子——」

他的話猛地停住，然後又發出粗魯的喊叫聲。

「是你吧，你到底是誰？」

只是，另一個陳彩卻毫無反應。只是抬起眼，非常悲傷地望著對面的陳彩。而椅子前的陳彩，彷彿被這視線灼燒般瞪大了恐懼的眼睛，漸漸往牆壁的方向倒退。只是，這期間他的唇畔還在不斷張合著，有時甚至就像在無聲地問著：「你究竟是誰？」

不久後，另一個陳彩在曾是房子的「東西」身邊跪下來，輕輕地撫摸著那纖細的頸項，然後將唇貼上那殘留在脖子處的殘暴指痕。

在灑滿明亮燈光、卻寂靜如墓室的臥房中，差不多同時，傳來了斷斷續續的哭泣聲。仔細看去，兩個陳彩——牆邊站著的陳彩，也跟跪在地上的陳彩一樣，把臉埋在雙手裡……

《東京》

當《影子》這部片子戛然而止之際，我和一個女人正坐在某個影院的包廂裡。

「剛才的影片，已經放完了嗎？」我問。

女人將憂鬱的目光投向我，讓我回想起《影子》裡房子的目光。

「什麼影片？」

「剛剛的，是叫《影子》吧？」

女人沉默地把膝蓋上的宣傳冊遞給我。不過無論怎麼找，也看不到《影子》這個標題。

「那麼說我是在做夢嗎？不過，不記得自己在做夢的感覺還真是奇妙啊。

而且那部名為《影子》的電影也真奇妙啊。」

我簡略地將《影子》的故事複述了一遍。

「若是那部片子的話，我也看過的。」我說完之後，女人寂寞的眼底浮動著一絲微笑，用幾乎聽不見的聲音說道：

「我們兩個還是盡量不要去在意那『影子』吧。」

大正九年（1920）七月

奇特的重逢

〈 1 〉

阿蓮被包養在本所的橫綱，還是在明治二十八年的初冬時節。

妾宅建在御藏橋的河邊，是非常狹窄矮小的平房。不過，從庭院向河川看過去，御竹倉一代——現在改建成了兩國停車場——的灌木叢和小樹林遮住了時常下起陣雨的天空，不那麼像城市的景象，反倒是讓人看不厭的清淨。只是，在男主人不來的夜晚，每每愈發顯得清冷孤寂。

「阿嬸，那是什麼聲音？」

「是那個嗎？那是夜鷺的叫聲。」

阿蓮和眼睛不好的傭人阿婆守著油燈，有一搭沒一搭地進行著這樣不愉快的談話。

總是不出三天，男主人牧野就會在白天趕回部隊的途中，穿著陸軍一等軍需官的制服雄姿英發地過來。當然，傍晚時分，他從廊橋對面的本家過來也不稀奇。牧野已經娶妻，還有一子一女。

最近梳著橢圓形髮髻的阿蓮，幾乎每晚都隔著長方形的火盆，陪牧野小酌。兩人之間的矮桌上大多擺著烏魚子和海參段，用精巧美麗的碟子盛放著。

那個時候，阿蓮腦中常會清晰地浮現出過去的生活情景。每當她想起家裡熱鬧的景象和朋友們的臉龐時，獨自流落到遙遠異鄉形單影隻的孤獨感，就會愈加侵蝕她的內心。而且，對於比以往更加發福的牧野的身體，她也常會不經意間產生一種微妙的厭惡之心。

牧野的心情始終很愉悅，一點一點地抿著杯子裡的酒。這個男人喝醉後的表現之一，就是會偶爾開開玩笑，緊盯著阿蓮的臉，然後突然大笑起來。

「怎麼樣啊，阿蓮？東京也不錯吧？」

阿蓮即使聽到牧野這麼說，大多也只是露出淺笑，注意著隨時將酒杯添滿。

因為牧野是服役軍人，所以很少留宿，一看到枕邊的時鐘指標快走到12點時，他立刻把粗壯的手臂伸進針織襯衣裡，穿起衣服來。阿蓮總是放任地支起一條腿坐著，木然地對忙於準備走人的牧野投以慵懶的目光。

「喂，給我拿一下外套。」牧野不耐煩地說，那張油膩的臉映照在午夜的油燈光芒中。

阿蓮送他出門。雖然這是每晚必做之事，但她依然覺得疲倦不堪。同時，對於再次回復到一個人的境地，她也多少感到有些孤寂。

無論颳風下雨，河對岸的灌木叢和小樹林總是很容易發出令人不安的響動。阿蓮把冰冷的臉頰埋在被酒氣浸染的衣襟裡，一動不動地聽著那聲響。不知何時，她眼中已經盈滿了淚水。而那平日就令人壓抑的睡眠——那好似噩夢般的睡眠，不久就襲上她心頭。她昏昏沉沉地睡去了。

2

「怎麼了，那個傷口？」

某個寧靜的雨夜，阿蓮為牧野斟酒時，看到了他右邊的臉頰。在那泛青的鬍髭裡，有一道很長的抓痕。

「這個？這是被老婆撓的。」

牧野用玩笑似的語氣說著，神情和聲音都顯得泰然自若。

「唉，真是個討厭的媳婦啊，怎麼又做出這種事了？」

「有什麼這樣那樣的，不過是吃醋罷了。對我尚且如此，要是你碰上她試試，當下咬斷你的喉嚨。話說在前頭，那就是一條瘋狗。」

阿蓮吃吃地笑起來。

「這可不是玩笑話，要是讓她知道我在這裡，明天就會鬧上門來。」

牧野的話雖然有些誇張，但是其中也夾雜著認真的語氣。

「明天的事，明天再去煩惱吧。」

「哦？真是好大的度量啊。」

「不是度量大小的問題，我們家鄉的人——」阿蓮彷彿若有所思，目光投向長方形的火盆：「我們家鄉的人，都是十分豁達的。」

「那麼，你是不會吃醋了？」一瞬間，牧野的眼神裡浮現出一絲狡猾：「我們家鄉的人都愛吃醋，特別是我——」

話說到一半，阿婆送來了做好的烤鰻魚。

那一晚，牧野久違地留宿在妾宅了。

他們上床時，雨聲變成了雨夾雪的聲音。阿蓮在牧野睡熟後，莫名地遲遲無法入睡。她清醒的腦海中，那素未謀面的牧野妻子的形象，栩栩如生地浮現出來。但是，別說同情了，她連厭惡和嫉妒的感覺都沒有。只是伴隨著那種想像，多少有些好奇心罷了。究竟是怎樣的夫妻吵架呢？阿蓮一邊在意著雨夾雪落在窗外灌木叢和樹林間發出的嘈雜聲，一邊認真地思考著那些事情。

就這樣直到兩點鐘聲敲過，阿蓮才終於萌生了睡意。在夢中，她不知何時跟眾多旅客一起待在幽暗的船艙裡。從圓形的舷窗望出去，黑色的波濤層層疊疊地向著遠方拍去，那裡有一顆奇特的紅色光球，看不出是月亮還是太陽。同船的旅客們都不明就裡地坐在陰影裡，沒有一個人開口說話。阿蓮對這樣持續蔓延的沉默感到分外恐懼。這時候，她感到有什麼人從背後靠近她。她不由地回頭看去，站在身後的是已經分手的男人，帶著悲傷的微笑，一直看著她。

「阿金。」

阿蓮被自己的聲音從清晨的夢境中驚醒了。牧野依然在她身邊，安靜地打著鼾。背對著阿蓮的他，究竟是不是真的睡著了，連她自己也無從判斷。

《3》

阿蓮有過男人的事情，牧野好像也已經知道了。但是，他對於那件事並沒有表現得很在意。而且，實際上，在牧野和她相好的時候，那個男人就已經疏遠了她。大概是因為這個，他沒有感到嫉妒是再自然不過的事情吧。

但是在阿蓮的腦海中，卻始終記得那個男人的事情。與其說那是戀慕，倒不如說是更深刻的感情。為什麼那個男人會突然從她的世界裡消失，她無法找到一個能令自己信服的理由。當然，阿蓮早已看出在這個多變的世界裡，男人變心才是一切的原因。但是，一想到男人不再出現前後的事情，又覺得好像沒有那麼簡單。就算是男方遇到什麼特殊情況，也不應該什麼都不說就離開吧。畢竟那時兩人之間的感情已經非常深厚了。那麼，難道是那個男人遭遇了什麼重大意外嗎？阿蓮這麼想像著，既感到惶恐，卻又希望是如此。

夢見那個男人的兩三天後，阿蓮在從澡堂歸來的途中，目光突然停留在一個格子門前掛出的旗子上，只見上面寫著：「占卜算命，玄象道人。」旗子上沒有畫著算籌[5]，而是換成了紅色銅錢，真是相當少見的替代品。但是，阿蓮走過去的時候，突然起了念頭，想向那玄象道人占卜探尋昨晚夢境中的男人究竟出了什麼事。

她被帶到一個採光很好的房間，不知道主人是附庸風雅還是什麼的，屋裡放置著中國式的書架、蘭花盆栽，甚至是煮茶室專用的擺設，營造出一種舒心的居住氛圍。

玄象道人剃著短髮，是個體格強健的老人。但是，嘴裡鑲的金牙和大口大口地抽煙這兩點，有違一貫的道人風範，有些不入流的感覺。阿蓮站在老人面前，請老人為她占卜去年下落不明的親戚的行蹤。

5. 占卜用具，為六根長約三寸的木棍。

老人從房間的一角拿出一張紫檀木小桌子，麻利地往兩人中間一擺，然後在小桌上畢恭畢敬地擺上了青瓷香爐和金線織花的錦緞袋子。

「您的親戚今年貴庚？」

阿蓮說出了那男人的歲數。

「啊啊，還很年輕啊，年輕人容易起變數，像我這樣的老頭子的話——」

玄象道人轉著眼珠子看著阿蓮，發出兩三聲庸俗的笑聲。

「您知道他的生辰八字嗎？不知道，好吧，那就算卯年的一白[6]吧。」

老人從金線織花的錦緞袋子裡取出三枚銅錢，都是一枚枚用薄薄的紅絲綢包起來的。

「我的占卜叫作擲錢卜，擲錢蔔是漢代京房[7]發明的，最初是用來代替筮蔔的。您應該知道，所謂的筮蔔，一爻有三種變法，一卦有十八種變法，不容易判斷凶吉。這就是擲錢蔔的長處……」

這麼說著的時候，道人點燃香爐中的焚香，煙霧開始盤旋在房間中。

《 4 》

道人解開薄絲綢，將銅錢一枚一枚地放在香爐的煙霧中薰蒸，又在壁龕上懸掛的畫軸前，畢恭畢敬地低下頭。卷軸上的畫是狩野派[8]的畫風，繪有伏羲、文王、周公、孔子四大聖人的畫像。

「玉皇大帝在上，四方神靈，聞到此寶香後懇請顯靈。我心中的疑惑未解，特向神靈請教。懇請神靈賜教，明辨凶吉。」

6. 風水學中的九星之一，九星為一白、二黑、三碧、四綠、五黃、六白、七赤、八白、九紫，配上出生年份可進行占卜。

7. 京房（西元前77年-西元前37年），西漢學者，本姓李，字君明，東郡頓丘（今河南清豐西南）人。

8. 狩野派是日本著名的一個宗族畫派。其畫風雖在題材和用墨技巧方面屬於中國傳統，但在實際表達方式上卻是完全的日本式。

說完上述祭文，道人把三枚銅錢逐一拋向紫檀木小桌。有一枚銅錢是有字的一面朝上，剩餘的兩枚都是波浪圖案朝上。道人立刻提筆在卷紙上按照順序寫起來。

拋擲銅錢是占卜陰陽，總共做了六次，阿蓮擔心地看著那些銅錢的順序。

「大功告成。」擲完銅錢，老人凝望著卷紙，默默盤算了一會兒。

「這卦叫雷水解，諸行不宜之意。」

阿蓮怯怯的目光從三枚銅錢移到老人臉上。

「總之，您和您那位年輕的親戚，恐怕無緣再見了。」

玄象道人一邊這麼說著，一邊又一枚枚地將銅錢用薄薄的紅絲綢包裹起來。

「那麼，此人還健在吧？」

阿蓮感覺自己的聲音都在顫抖。同時伴隨著「果然是這樣」的想法，以及「絕不可能是這樣」的想法，她不禁脫口而出問道。

「是生是死，要判斷還有難度，總之請勿再掛念了。」

「無論如何都無法再見了嗎？」

在阿蓮的追問下，道人紮好金線織花的錦緞袋子，油光滿面的臉上一瞬間浮現出嘲諷的表情。

「有句話叫『滄桑之變』，如果連東京都能變成森林的話，你們要相遇也不是不可能。總之，從這一卦上看，就是得出這樣的解釋。」

阿蓮比來算卦之前更加惴惴不安了，付了高額的報酬後，她匆匆往家走去。

那一晚，她在長方形火盆前呆呆地支著頭，聽著鐵壺發出的聲音。玄象道人的占卜，其實就跟什麼也沒說一樣。不，不如說那占卜的結果就如同把她偷偷抱有的迫切希望打碎了一般。儘管它是那麼微小，那總算還是一線希望，還讓她能奢望這萬一的可能性。那個男人果然已經如同道人暗示的一樣，不在人世了嗎？如此說來，她先前所住的城市正是當時最動盪的地區。那個男人是否在一如既往地來找她的途中，遭遇了不幸呢？不然，他怎麼會像喪失記憶般，突然銷聲匿跡了呢？炭火烘烤著阿蓮塗著白色香粉的半邊臉頰。她不自覺地撥弄著燒火筷子，無數次寫出「阿金、阿金、阿金……」的字樣，字跡又無數次地消失在灰燼中。

《 5 》

「阿金，阿金，阿金……」

阿蓮還在繼續寫著，突然從廚房裡傳來傭人阿婆的叫聲。雖說是廚房，但在這個家裡也不過是隔著一道紙拉門，就是旁邊鋪著木地板的房間而已。

「什麼事，阿嬸？」

「哎呀，夫人，請過來一下，我還以為是什麼東西呢——」

阿蓮走到廚房裡。在有著寬敞灶台的房間裡，油燈光芒映照在拉門上，營造出格外幽靜昏暗的空間。穿著短褂的阿婆在昏暗之處彎著腰，正要抱起一隻白色的小動物。

「是貓嗎？」

「不，是狗呢。」

阿蓮雙手抱胸，默默打量著那隻狗。小狗依偎在阿婆懷裡，轉動著惹人憐愛的眼睛，頻頻用鼻子打著愜意的呼嚕。

「這就是今早在垃圾堆裡嗚嗚叫的狗呢，怎麼跑到這裡來了？」

「你一點都不知道嗎？」

「是的。我從剛才起就一直在洗碗，眼睛不好這件事，真是沒有辦法啊。」

阿婆拉開排水口的小拉門，打算把小狗丟到漆黑一片的外面去。

「等一下，我也想抱一下——」

「最好不要，要是弄髒了您的衣服可使不得。」

然而，阿蓮沒有聽從阿婆的勸阻，伸出雙手把小狗抱了過來。小狗在她手裡顫抖著。那一瞬間，她的思緒被帶回到過去，在那個熱鬧非凡的妓院裡，沒有客人光顧的夜晚，只有她飼養的一隻小白狗伴她入眠。

「小可憐，就收下牠吧。」

阿婆震驚地直眨眼睛。

「那個，阿嬸，把牠留下來吧，不會給你添麻煩的——」

阿蓮把小狗放下地，仰著單純的笑臉，把手伸向廚房的碗櫃，打算給小狗找一些剩飯剩菜吃。

第二天，戴著紅色項圈的小狗就在妾宅的榻榻米上跑來跑去了。

愛乾淨的阿婆對這個變化可一點也不開心，特別是小狗從院子裡沾了滿腳的泥巴跑進屋子裡來時，她一整天都會很生氣。但是，無事可做的阿蓮對於如孩子般的小狗卻是疼愛有加，連吃飯的時候，也要讓小狗留在身邊，晚上還要讓小狗蜷成一團睡在自己被子旁邊，夜夜如此。

「那時候我就覺得非常不好。那隻白狗經常會在昏暗的燈光裡注視夫人的睡臉呢。」

在差不多一年後，阿婆還對我那個叫K的醫生朋友說起這件事。

〈6〉

被這隻小狗惹惱的不只女僕一人。牧野看到小狗在榻榻米上翻著肚子打盹的時候，粗粗的眉毛不悅地皺在一起。

「這傢伙是什麼玩意？小畜生，滾到一邊去。」

穿著陸軍軍需官制服的牧野，毫無憐憫之心地踢了小狗一腳。等他進屋子後，小狗豎起背上的白毛，拼命地咆哮起來。

「我對你喜歡小狗一事已經厭煩了。」

晚飯端上來的時候，牧野仍然無比怨恨地狠狠盯著小狗。

「以前不是也養過一隻差不多的嗎？」

「是的，那一隻也是小白狗。」

「如此說來，你那時還說無論如何也不想和那隻狗分開，讓我相當棘手啊。」

阿蓮撫摸著伏在膝頭的小狗，露出無可奈何的笑容。她非常清楚，連續的車船旅行，隨身帶著狗是多麼麻煩的事情。但是，和那男人分別後，再把小白狗丟下，獨自前往聽都沒聽過的異國他鄉，怎麼想都會覺得孤寂。所以，在即將出發的前一晚，她才會抱起小狗，把臉頰貼著它的鼻子磨蹭著，一再拼命地強忍住無法停止的啜泣。

「那隻狗倒是相當乖巧。不過，這隻怎麼就這麼蠢笨啊。首先是這人模樣──不是人模樣，是狗模樣──這狗模樣真是平庸至極。」

已經有幾分醉意的牧野，好像忘卻了最初的不快，把生魚片之類的吃食朝小狗丟去。

「哎呀，它和那隻狗不是很像嗎？不同的只有鼻頭的顏色。」

「什麼？鼻子的顏色不一樣？還真是在某些奇特的地方顯得不同呢。」

「這隻狗的鼻子是黑色的吧，那隻狗的鼻子是紅茶色的呢。」

阿蓮一邊給牧野斟酒，一邊覺得以前那隻狗的鼻子彷彿清晰地浮現在眼前。那始終有些濕潤的鼻頭，就如同哺乳母親的乳房一樣，帶著茶褐色的斑點。

「哎呀，這樣看來，那隻茶紅色鼻頭的狗，搞不好是狗中佳人也說不定呢。」

「應該說是美男子吶，這隻黑鼻頭的就是醜八怪了吧。」

「兩隻都是公的嗎？我還以為這家裡的男人只有我一個呢，這可有點怪啊。」

牧野捅了捅阿蓮的手，獨自放聲大笑，好像相當開心。但是牧野並不是一直保持這個情緒，他們就寢時，小狗隔著一層舊拉門，好幾次發出很悲傷的嗚咽，而且還用前爪咯吱咯吱地抓撓著拉門。牧野在深夜的燈光中露出微妙的苦笑，終於開口對阿蓮說：「喂，給它開門吧。」

但是，她開門後，小狗邁著格外遲緩的步子靠近兩人的枕邊，然後像是一抹白影般，肚皮貼著地面趴在那裡，專注地看著他們。

阿蓮竟覺得那眼神好像是人類一般。

《7》

又過了兩三天，某個夜晚，阿蓮和從本家過來的牧野一起到附近戲園子遊玩。

充斥著魔術、劍舞、幻燈片、雜技的戲園子裡，人潮擁擠，連動一下都困難。兩人稍微等了一會兒，終於在離戲臺稍遠一點的地方坐下來，舒緩一下腰部的僵硬。他們一坐下，周圍的客人就不約而同地把好奇的目光投向梳著橢圓髮髻的阿蓮。她對這種打量感到有些羞澀，但同時又覺得莫名的寂寞起來。

戲臺明亮的吊燈下，有一個紮著白頭巾的男人在揮舞長刀。從後臺傳來一個嘹亮的聲音，朗誦起：「踏破千山萬嶽煙。」劍舞也好，吟詩也罷，對阿蓮而言都是枯燥乏味的。但是牧野卻點燃了香煙，看得津津有味。

劍舞過後，是幻燈片播放。戲臺上放下幕布，甲午戰爭的種種景象在上面忽隱忽現著，還有揚著巨大水柱的「定遠號」沉沒的畫面，參加過實戰的牧野只是默默冷笑著。

「戰爭豈是這般輕鬆的事情——」

他一邊看著牛莊激戰的畫面，一邊對阿蓮說著，其中也有一半是講給周圍人聽的。然而，阿蓮依然目光專注地盯著幕布，只是微微點頭應和著。她當然會覺得有趣，因為那些畫面和幻燈片對她而言都是難得一見的。除此之外，其他的畫面場景——積雪的城樓屋頂、拴在枯柳下的毛驢、垂著髮辮的清兵，出於某種特別的原因，也都能撼動她。

戲院散場的時候，已經是十點了。兩人並肩走在沒有營業的商店、只有住家的街道上。城市上方懸掛的半輪明月，照射著打了霜的房檐，流瀉出一片寒光。在這樣的光線中，牧野不時地抽著香煙，腦中回想起方才的舞劍，口中輕吟著「鞭聲肅肅渡夜河」之類有些迂腐的詩句。

剛拐過一條小胡同，突然阿蓮好像受驚般地拽住了牧野外套的袖子。

「嚇人一跳，怎麼了？」

他依然沒有停下腳步，只是回頭看著阿蓮。

「好像有人在叫我。」

阿蓮向他靠過去，眼神中流露出恐懼。

「在叫你？」

牧野不覺站住身，微微側耳傾聽。但是寂靜的小路上，連狗叫聲都不曾聽到。

「幻聽吧，怎麼會有人叫你。」

「是我聽錯了嗎？」

「該不會是看了幻燈片的緣故吧？」

《 8 》

去戲園的隔天清晨，阿蓮叼著牙籤，往放著洗臉用具的套廊走去。套廊裡和往常一樣，在洗臉池前擺放著盛滿熱水的帶耳銅盆。

在冬天，萬物枯敗的庭院顯得分外孤寂。庭院對面連綿的景色，和映照著雲天的河水，都呈現出一派荒涼至極之象。但是，當看到那幅畫面時，阿蓮一邊漱口，一邊想起了剛剛忘掉的昨夜的夢境。

在夢中，她獨自一人在黑暗的叢林裡來回奔跑。走在一條狹窄的小路上，她不斷想著：「終於得償所願了，東京但凡視線所及之處，都已經變成了杳無人煙的森林。現在一定能和阿金見面了。」但是沒走多久，不知從什麼地方傳來了大炮和手槍的聲音。同時，樹木的上空好像著了火似的，漸漸變成一片渾濁的血紅色。「開戰了，開戰了。」她這麼想著，拼命想要奔跑。但是，不管如何努力嘗試，腳下卻莫名地一步也跑不動……

阿蓮洗完臉，為了擦洗身子，便脫光了衣服。這時，一個冰冷的物體冷不防碰到了她的後背。

「噓！」

她並沒有特別驚慌，只是用柔媚的目光向後看去。身後的小狗搖晃著尾巴，來回舔弄著黑色的鼻頭。

〈 9 〉

此後的兩三天裡，牧野總是比平常更早到妾宅，還約上一個叫田宮的男人。田宮在一家有名的御用商人店鋪裡做掌櫃，曾在牧野包養阿蓮一事上行了諸多方便。

「真是奇怪，不是嗎？這樣梳著橢圓髮髻的阿蓮，怎麼也看不出往日的影子了。」在明亮燈光的映照下，田宮一臉燒得發紅發熱的淺淺痘痕，向對面的牧野敬酒道：「我說，牧野先生，就算當時就梳了島田髮髻，或是戴上紅色卷髮，也不會像今天這樣如此不同吧？不過，以前歸以前——」

「喂喂，這裡的女傭眼睛雖然不好使，耳朵可靈著呢。」牧野雖然這樣提醒著，但依舊開心地咧嘴笑著。

「沒關係，就算聽也聽不明白。喂，阿蓮小姐，再想起那時候的事情，是不是就好像做夢一樣啊？」

阿蓮把目光移開，逗弄著膝上的小狗。

「我也是因為受牧野先生所托，才會應承下來，一直擔心萬一事情敗露，會釀成大禍。直到平安無事地來到神戶之前，我都揪著一顆心呢。」

「哼，像這樣的危橋，你恐怕也早已如履平地了吧——」

「這玩笑可開不得，偷渡入境我也就幹過這一次啊。」

田宮一口喝乾了杯中酒，彷彿故意一般，做出不滿意的表情。

「不過阿蓮能有今天，也都是多虧了你的幫助啊。」

牧野伸出粗壯的手臂，為田宮斟滿酒。

「這麼說可不敢當，那時候還真是很為難啊。而且乘坐的小船在經過玄海的時候，還碰上了可怕的暴風雨。是吧，阿蓮小姐？」

「是的，我還以為自己要隨小船一起沉入海底了呢。」

阿蓮為田宮斟著酒，總算接上了話。但是，如果那艘船當時沉沒了，也許反而落得清淨也未嘗可知。她突然有了這樣的想法。

「我們兩個能走到現在，還真是幸運啊。不過啊，牧野先生，雖然阿蓮已經適應了橢圓髮髻，難道你不曾想過讓她重現一下往日的裝扮？」

「想是想，但不是沒有辦法嘛。」

「沒辦法——要說沒辦法，難道過去的衣服竟連一件都沒有帶過來嗎？」

「別說衣物了，連髮飾簪子也都好好地保留著呢。無論我怎麼勸，她還是自作主張統統都帶來了。」

牧野隔著長方形火盆，向阿蓮臉上掃了一眼。阿蓮好像沒有聽到那句話一樣，只專注地溫著鐵壺裡的酒。

「這下就更方便了。怎麼樣，阿蓮小姐，請你下次穿戴起來，陪我們小酌一番可否？」

「如此一來，你也能順帶著想起以前的相好吧？」

「唉，如果我那位老相好是像阿蓮小姐一般標緻的人，倒還值得回憶，只是——」

田宮那張佈滿淺淺痘痕的臉上浮現出好笑的神情，用筷子夾了一塊山藥泥。

那一晚田宮走後，牧野對還不知情的阿蓮說，最近他打算辭去陸軍一職，轉行做商人。他還說了這樣的話：辭職的請求批下來的話，就要立刻包下田宮現在供職的那間有名的御用商人店鋪。

「那樣的話，不住這裡也行，要不搬去更寬敞的房子吧？」

牧野終於疲倦了，在火盆前躺著，抽著田宮作為土產帶來的馬尼拉香煙。

「這個房子已經很寬敞了，只有我和女傭兩個人而已。」

阿蓮忙著給貪嘴的小闢狗餵剩飯。

「那樣的話，我也住過來吧。」

「可是，你不是還有妻子嘛。」

「老婆？我應該不久就會跟老婆分開了。」

從牧野的口吻和神情來看，這個意外的消息似乎不是玩笑。

「有損陰德的事情還是不要做得太多的好。」

「我才不管呢，反求諸己，也不是我單方面的過錯。」

牧野露出粗暴的目光，惡狠狠地抽著煙。阿蓮神情落寞，久久沒有回應。

《10》

「那隻白狗生病——是了是了，就是在田宮老爺來過後的第二天。」阿蓮使喚的那個女傭對我的醫生朋友K說起當時的情形：「大概是食物中毒或什麼的，最開始是每天都在長火盆前一動不動地昏睡著，後來稍微一動，就會弄髒榻榻米。夫人像疼愛孩子般愛護著小狗，特意給它餵牛奶，還把藥丸餵到牠嘴裡，相當重視地照顧著。那也不是無法理解的事情，只是雖然理解，我還是覺得不妥。隨著小狗的病情日益嚴重，我對夫人和狗的親密交流都變得見怪不怪了。

說是交流，其實夫人就是把狗當作個傾訴物件，經常對著牠自言自語。甚至半夜也會聽到她對狗說話的聲音，好像狗兒也和人一樣會說話似的，真是讓人覺得渾身不自在。不僅如此，有一次，天刮著大風，氣候十分乾燥，我出門辦事回來——說是出門辦事，不過是去附近的占卜師那裡，詢問小狗生病的事情罷了。回到家的時候，房子的拉門咔噠咔噠直響，從裡面傳來了夫人的說話聲。我估摸著可能是主人來了，偷偷從拉門的縫隙裡看了一眼，結果坐在那裡的只有夫人一個人。也許是因為雲朵被風吹動擾亂了光線的緣故，夫人膝上抱著小狗的身影也隨之變得忽明忽暗。那種陰森恐怖的景象，我活到這把年紀，也再沒見過第二次。

所以狗死的時候，雖然夫人非常難過，但我還是覺得鬆了口氣。而且覺得開心的也並不只有我這個每天都要收拾小狗屎尿的人。主人聽說小狗死了，也像是少了什麼麻煩似的，咧嘴笑著。至於小狗嘛，別說夫人了，早在我還沒起床的時候，就倒在梳妝檯前，口吐白沫了。自從牠無力地躺在長火盆前昏睡以來，也已經過了半個月左右了……」

那天，正好是藥研堀集市開集的日子，阿蓮在大梳妝台前看到了已經沒有呼吸的小狗。牠就像女傭說的那樣，已經冰冷的身體橫躺在青白色的嘔吐物裡。對這件事阿蓮也早已經有心理準備了。跟先前的小狗是生離，這一次又是死別。總之，她無法養狗這件事，可能是與生俱來的宿命吧。這樣的想法在她心底堆壓成了絕望的沉默。

阿蓮坐在那裡，呆呆地看著小狗的屍體，然後抬起遲鈍的目光，望向冰冷的鏡面。鏡子裡映照出倒在榻榻米上的小狗，還有她的身影。阿蓮一直盯著小狗的身影，看著看著，像是暈眩了一般，她用雙手捂著臉，嘴裡溢出微弱的哭喊聲。

不知何時，鏡中小狗的屍體上，那應該是黑色的鼻頭竟變成了茶紅色。

《11》

妾宅的新年過得很冷清。雖然門口裝飾著竹子，房間裡也擺上了蓬萊宴[9]，阿蓮依然獨自坐在長火盆前，憂鬱地托著腮，任憑拉門上的陽光漸漸微弱，只報以慵懶的目光。

從小狗在年底死去以來，她都不曾流露出一丁半點的憂鬱，此時卻一下子爆發了。不止是小狗的事，至今仍下落不明的男人的行蹤，甚至還有連照

9. 為慶祝新年，在方桌上擺放豆子、栗子、海帶等裝飾。

面都不曾打過的牧野妻子的事情，各種各樣的煩惱充斥於她心間。大概也就是從那個時候起，她開始時常被詭異的幻覺困擾。

某次躺在床上的時候，她好不容易就要睡著了，突然感到好像有什麼壓上來的樣子，睡袍的下擺慢慢變得沉重起來。小狗還活著的時候，經常跑到她的床墊上，打著滾躺下來。那次就像被小狗壓住了一樣，有一種柔軟的重量。阿蓮立刻從枕頭邊輕輕地抬頭看去，只是，除了油燈照映下的睡袍的方格花紋，什麼東西也沒有。

而且有時候，當阿蓮在梳妝檯前梳理頭髮時，能夠看到從鏡子裡映照出她的身後，有白色的身影飛快閃過。即使那樣，她也並未在意，依然打理著秀髮。於是，那個白色的影子再次突然往反方向躥過去。阿蓮握著梳子，緩緩地向後看去。但是在明亮的房間中，並沒有任何生物存在的氣息。果然是眼花了吧，她這麼想著，回頭重新面對鏡子，沒過多久，那個白色的影子第三次從她身後經過。

還有一次，阿蓮獨坐在長火盆前，從遙遠的街上傳來呼喚她名字的聲音。那聲音夾雜在門外竹葉發出的嘈雜聲裡，雖然只聽到過一次，但那正是她到東京以來始終記掛在心的男人的聲音。阿蓮壓低呼吸，側耳仔細傾聽了許久。然後，那男人的聲音又傳了過來，比之前的距離更近。可是再仔細聽，那聲音又變做了被風吹散的小狗叫聲。

偶爾她睡覺時突然睜開眼，會看到床上有不應該存在的男人睡在一旁。窄窄的額頭，長長的睫毛，那一切沐浴在深夜的燈光中，和以前分毫未差。左邊外眼角的黑痣——連那種細節也審視過，確定是那個男人無疑。阿蓮覺得不可思議，但心頭更多的是喜悅之情，她緊緊摟住男人的脖子，就那樣像是連自己的身體也融進去一樣。只是被驚擾醒來的男人卻發出抱怨聲，竟然是牧野。自然阿蓮也在一剎那，發覺自己正雙手環抱著充滿酒臭的牧野的脖子。

除了這些幻覺，在現實世界中也發生了困擾阿蓮內心的事情。尚未過完年，裝飾的松樹還未摘掉，牧野的妻子聽到傳聞，突然前來造訪了。

《12》

牧野的妻子前來造訪時，不巧那個女傭正好出門辦事去了。阿蓮被叫門聲驚起，欠起慵懶的身體，走到微暗的門前，打開門。在朝北的格子門外，透過屋簷的裝飾，她看到一個戴著眼鏡的女人，臉色看來非常不好，穿著不太新的披肩，低垂著頭站在那裡。

「您是哪一位？」

阿蓮一邊問著，一邊靠直覺猜出了對方的身份。她端詳著這個梳著已婚婦女的橢圓形髮髻的女人，她臉龐的輪廓並不分明，小碎花和服袖子裡的雙手併在一起。

「我是——」女人稍微猶豫了一下，最後還是低著頭說下去：「我是牧野的妻子。我叫阿瀧。」

這次，輪到阿蓮說話躊躇起來。

「是這樣啊，我是——」

「不用說了，我已經都知道了。牧野承蒙您多多照顧了，我也該來答謝的。」

女人的話語沉穩平和，奇怪的是，竟聽不出嘲諷的語氣。這讓阿蓮又不知道該說什麼好了，似乎要寒暄也很為難。

「適逢新年伊始，我來此是有事相求。」

「是什麼呢，如果是我力所能及的事——」

阿蓮仍不敢掉以輕心，大致也明白這個所謂「請求」的含義。同時她也清楚，既然對方已經說明了來意，自己的回答也不能敷衍了事。不過，當她聽到始終低著頭的牧野妻子靜靜地開口時，卻發現對方說的話與她料想的完全不同。

「不必多慮，我所相求的事情，並不是什麼大事，只是－實際上，聽說東京最近要變成森林了，到那時，還請您像對待牧野一樣收留我，我的請求就是這些。」

她緩緩地道出口，好像完全沒有注意到自己所說的話是何等瘋狂。阿蓮震驚地呆立了許久，只能看著這個女人背光的陰森身影。

「如何？可否請您收留我？」

阿蓮的舌頭好像都僵硬了，一句話也說不出來。對方不知何時抬起臉來，張開細長冰冷的眼睛，透過鏡片看著她。這越發讓阿蓮覺得一切都彷若噩夢一場，驚恐莫名。

「我自己倒是怎樣都無所謂，只是萬一我迷了路，我那兩個孩子就太可憐了。還請多多麻煩您，收留我們。」

牧野的妻子如此說著，把臉埋在陳舊的披肩中，突然哭了起來。莫名沉默的阿蓮也驟然傷感起來。總算可以和阿金見面了，開心，很開心。她這麼想著，卻看到了點點眼淚灑落在自己穿著春裝的膝蓋上。

然而，幾分鐘之後，阿蓮突然回過神來，微暗的北門口，已看不見任何人影，不知什麼時候對方已經離去了。

《13》

正月初七的晚上，牧野來到妾宅，阿蓮很快把他妻子來訪的經過說給他聽了。然而，牧野意外地顯得很平淡，一邊聽著她的話，一邊抽著馬尼拉產的香煙。

「尊夫人有什麼問題吧？」阿蓮不知何時變得激動起來，焦躁的眉頭緊鎖，固執地說下去：「現在不做點什麼的話，可是會發生無可挽回的事情啊。」

「哎呀，等她真做了什麼的時候再說吧。」在香煙的輕霧中，牧野瞇著眼睛看著她：「與其擔心我老婆的事，還不如顧好你自己的身體。怎麼我最近過來的時候，你總是一副無精打采的樣子？」

「我怎麼樣都好，只是——」

「那怎麼可以。」

阿蓮陰沉著臉，沉默了好一陣子，突然流著淚抬起頭說道：「請您惜福，不要拋棄妻子。」

牧野出乎意料地呆住了，什麼也回答不出來。

「請惜福啊，大人。」

阿蓮像是要藏起眼淚一般，把臉埋進了黑緞子的衣袖裡。

「世上這麼多人，尊夫人最重視的就是您。如果您不替尊夫人多著想，未免太無情了。在我們那兒，所謂女人——」

「好了好了。你要說的我都知道了，你還是別瞎操心了。」牧野連抽煙都忘了，用哄孩子的口吻說著：「這個家還真是不吉利，就是就是，前段時間還死了狗，所以你也這麼鬱悶。這段時間，看到好的地方，就趕緊搬家吧。然後活得有朝氣點。最多再過十天，我也可以辭去現職了。」

那一晚，無論牧野如何安慰阿蓮，她也沒有改變臉上鬱鬱的神色。

「夫人的事情，老爺也是相當擔心的，只是——」當K詢問時，老女傭也曾這樣形容過當時的情形：「無論怎樣，這場病在那個時候已經惡化了。老爺大概也是在那個時候開始放棄的。那次，當本家的夫人突然出現在橫綱的時候，我從外面辦完事回來，看見妾宅的夫人在門口呆呆地坐著，本家的夫人透過鏡片瞪著她，也沒有要進門的意思，只是一味地說著些滿懷惡意的客套話，讓人反感。」

「聽到主人被這樣惡意中傷，我在暗處聽得也非常氣憤。但是我要是出面了，情況會變得更加不可收拾。因為四五年前，我也曾在本家做過傭人。被那位夫人看見的話，最後反而更加火上澆油也未可知，要是事情演變成那樣就難辦了。在本家的夫人甩完了各種惡毒話語回去前，我都不敢從後門隔扇的陰影裡探出頭來。

「但是夫人看到我之後，居然說：『阿嬸，你剛剛也看到夫人了吧。來到我這種人的住處，卻連一句難聽話都沒有說，那是怎樣正直優秀的人啊。』然後不知想到了什麼，她又笑起來，還說：『說什麼東京地區最近會變成森林，真是可憐的人，稍微有些不正常呢。』」

︽14︾

到了二月份的時候，阿蓮搬進了本所松井町寬敞的兩層樓住宅。只是她的憂鬱，卻並未有所好轉。她連對女傭也不太說話了，大多數時候都獨自一人待在客廳，聽著鐵水壺的沸騰聲過日子。

搬去那邊之後，還沒出一周的時間，某天晚上，已經在外面喝過酒的田宮突然來妾宅玩。剛開始小酌的牧野一見到這個酒友，就立刻把酒杯遞了過去。田宮接過酒杯前，從襯衫大敞的懷裡拿出一隻紅色的罐頭，然後一邊讓阿蓮斟酒，一邊說道：「這是禮物。阿蓮夫人，這是給你帶的土特產。」

「這是什麼？」在阿蓮道謝的時候，牧野取來那只罐頭看著。

「看標籤，是海狗，海狗罐頭嘛。聽說你精神不好，生了病，我特意帶來這個禮物。不管是產前產後，還是婦科病，包治百病。這是從我朋友那裡聽來的，那傢伙剛開始做罐頭生意。」

田宮舔了舔嘴唇，輪流看著他們兩人。

「你能吃嗎？你能吃海狗罐頭嗎？」

阿蓮被牧野這麼一說，只是從嘴角露出一個勉強的微笑。田宮擺著手，立刻接過了話頭。

「沒事，沒事的。喂，阿蓮夫人，海狗這種傢伙啊，經常是一隻公海狗周圍聚攏了上百隻母海狗。若要用人來比喻的話，就是牧野這種人吧，這麼一說，臉長得也很像呢。所以啊，你就把它想成是牧野，當作是可愛的牧野先生吃掉吧。」

「說些什麼亂七八糟的。」牧野無奈地苦笑著。

「一隻公海狗身邊，喂，牧野先生，和你很像吧。」田宮那張坑坑窪窪的臉上滿是笑意，更加詳細地說下去：「今天我問了朋友，本來是問罐頭店的事。海狗這種動物啊，一旦公海狗相互爭奪起母海狗的話……算了，算了，海狗的事不說了，今晚是想來一睹阿蓮夫人往日英姿的。怎麼樣，阿蓮夫人，雖然現在是叫作阿蓮夫人，不過這名字只是欺騙世人的假名罷了。這是我在音羽屋[10]最想做的事啊，和阿蓮夫人一起──」

「喂喂，公海狗互爭是怎麼回事，我還想先問清楚這件事呢。」牧野一臉不解，還是想把有點危險的話題再一次轉回到海狗方面。然而，結果卻事與願違。

「公海狗互爭的事？公海狗一旦互爭，似乎會大打出手。不過呢，這件事都是世世代代、堂堂正正地進行的，跟你偷偷摸摸使詭計不同。哎呀，真是不好意思，這真是『禁句禁言，還要數金招牌的甚九郎』，老話是這麼說的吧？阿蓮夫人，我賠酒一杯吧。」

田宮偷瞄了神色大變的牧野一眼，想借給阿蓮敬酒掩飾尷尬的神色，而

10. 歌舞伎的屋號。

阿蓮始終用令人毛骨悚然的目光看著他，並不打算伸手接酒。

《15》

阿蓮從床上起身的時候，是那晚剛過三點。她走出二樓臥室，輕輕走下昏暗的樓梯，摸索著來到梳妝檯前，然後從抽屜裡取出了裝剃鬚刀的盒子。

「混蛋牧野，你這個畜生。」

阿蓮低聲嘟囔著，靜靜地把盒子裡的東西拿出來。那一刻，剃鬚刀的味道——那磨得鋒利的鋼鐵氣息微微飄進她的鼻子裡。

不知何時起，在她心中，一股狂暴的野性又開始騷動起來。那是她賣身之前，在與惡毒繼母的爭執中放任自流養成的野性。在這數年的生活中，這種野性一直被壓抑著，彷彿就蟄伏在那抹著香粉的肌膚之下。

「牧野你這個畜生！你這個魔鬼！我絕不讓你看見明天的太陽——」

阿蓮將一把剃鬚刀藏在華麗的和服袖子裡，從梳妝檯前站起身。

此時，突然不知從何處，有一個微弱的聲音傳進她耳朵裡。

「請住手，請住手。」

她不禁屏住呼吸，但是，她所以為的說話聲，不過是時鐘的鐘擺在黑暗中一秒一秒地擺動的聲音罷了。

「請住手，請住手，請住手。」

但是，當她走上樓梯的時候，那聲音又一次俘獲了她的耳朵。她站在那裡，透過客廳的陰影看過去。

「是誰？」

「我，是我，我。」

那聲音肯定是跟她交好的一個朋友的。

「是一枝小姐嗎？」

「是啊，是我。」

「好久不見了，你現在人在哪裡？」

阿蓮不知何時走到了長火盆前，像白天一樣端坐著。

「請住手，請住手。」

那聲音並沒有回答她的問題，只是不斷重複著同樣的話語。

「為什麼連你也要阻止我？殺死他不是更好嗎？」

「請住手，活著，還活著呢。」

「活著？你在說誰？」

然後是漫長的沉默。沉默中，鐘擺永無止境地擺動著。

「誰還活著？」在許久無言之後，阿蓮再一次發問。終於，那聲音在她耳邊，囁嚅出那令她無限懷念的名字。

「金——阿金，阿金。」

「當真？如果那樣我當然很開心——」阿蓮雙手托著腮，目光變得憂慮起來。

「阿金若是還活著，怎麼不來找我呢？」

「會來的，會來的。」

「你說他會來？什麼時候？」

「明天，會來彌勒寺見你。來彌勒寺，明晚。」

「你說的彌勒寺，是彌勒寺橋吧？」

「請來彌勒寺橋，晚上來，他會來的。」

此後，再沒有聽到聲音了。但是，僅著一件長袖和服的阿蓮靜坐了許久，彷彿感覺不到黎明前的寒氣一般。

《16》

第二天，一直到中午過後，阿蓮也沒有離開二樓的臥室。但是，下午四點鐘的時候，她終於從床上起來了，比平時更用心地化了妝。然後好像要去看戲一樣，外衣和內衣全都穿了最好的。

「喂，喂，為什麼要這麼精心打扮？」牧野那天一整天都沒有去店裡，閑來無事待在妾宅裡，一邊攤開風俗畫報，一邊懷疑地問她。

「因為要稍微出去一下。」

阿蓮冷漠地在梳妝檯前繫好綴著白點的腰帶。

「去哪兒？」

「就到彌勒寺橋。」

「彌勒寺橋？」

牧野與其說驚訝，不如說是有些不安了。阿蓮隱秘而愉悅的心情刺激到了他。

「去彌勒寺橋有事嗎？」

「有事嗎？」

她瞥了牧野一眼，眼底流露出輕蔑的神色，靜靜地將腰帶的金屬扣卡好。

「請不用擔心，我不會做投河這類事情的。」

「說什麼莫名其妙的話。」

牧野猛地從榻榻米上站起來，拋開風俗畫報，氣得舌頭都要打結了。

「大概是那天晚上七點左右，」我那位叫K的醫生朋友緩緩地接著說下去：「阿蓮不顧牧野的阻攔，獨自一人出門去了。老女傭因為擔心，說是無論如何也要陪同前往，阿蓮夫人卻好像小孩子一樣，軟磨硬施、胡攪蠻纏地說著不讓一個人去的話就去死，只能讓她去了。但是，當然不能讓阿蓮獨自一人出去，牧野最後還是跟蹤她出去了。」

「說來也巧，出門一看，那晚彌勒寺橋附近正好在舉辦藥師的廟會。所以不論天氣多麼寒冷，街上都人頭攢動，擁擠不堪。這正是跟蹤阿蓮的絕好時機，牧野在後面緊跟著，托了廟會的福，他一直沒有被發現。」

「街道的兩旁林立著廟會的店鋪，在馬燈和煤油燈的照耀下，糖果店的漩渦形招牌、豆類商店的紅色陽傘不時出現在左右。但是，阿蓮對那些事物連看都不看一眼，只是專心地低著頭，快速地從人群的縫隙間穿過。牧野也跟在後面疾走著，生怕慢了一步似的，腿都快跑斷了。他們走得真是很急。」

「到了彌勒寺橋畔時，阿蓮終於停下了腳步，滿意地環顧四周。那一處正是河岸的拐角處，有許多盆栽商店。因為都是給廟會應景的，所以並沒有什麼像樣的植物，倒是有些松柏，只有在這種人煙稀少的小路上，嫩嫩的枝葉還在茂密地生長著。」

「來這種地方也罷，但她到底是打算做什麼？牧野懷疑著，暫時躲到橋頭電線杆的陰影裡，偷窺著小妾的樣子。阿蓮依然呆呆地站在那裡，看著面前擺放的盆栽。於是，牧野朝著她身後偷偷靠近了些，便聽見阿蓮很開心地、小聲反覆自言自語著：『變成森林了，東京終於變成森林了。』」

《17》

「如果只是這樣倒還好，但是——」K繼續說下去：「突然從那邊來了一隻雪白的小狗，穿過人群跑過來，阿蓮不假思索地伸出雙手，把那隻小白狗抱了起來，然後想到什麼似的說：『你也來了？跑了很遠才來到這兒的吧，途中還要翻山越嶺，跨過海洋吧？我和你分開之後，真是沒有一天不流淚的。取代你養的那只小狗，前段時間死了。』諸如此類的話，好像是在說夢中的事情一樣。但是，小狗不知是眷戀人的懷抱還是怎麼的，既不亂叫也不咬人，只是用鼻子嗚咽著，來回舔著阿蓮的手心和臉頰。」

「牧野實在看不下去了，終於站出來了。但是無論跟阿蓮怎麼說，她都堅持說在阿金來這裡之前，絕不回家。因為正趕上廟會，馬上圍攏了一圈人。其中也有人大聲喊著：『哎呀，漂亮的女瘋子。』但是，阿蓮也許是太喜歡小狗了，懷抱著久違的小狗，也稍微獲得了點慰藉，在爭執許久過後，終於答應牧野，聽話先回家去了。但是，好不容易可以回去了，看熱鬧的人卻不容易退去。而阿蓮也突然變了卦，無論如何都要再返回彌勒寺橋的方向。所以當牧野好說歹說，終於把阿蓮帶回到松井町的家裡時，外套下也出了一身大汗。」

阿蓮回到家裡，抱著小白狗就上了二樓的臥室。然後在一片黑暗的房間中，悄悄地放下了這可憐的小東西。小狗搖晃著短小的尾巴，開心地在那裡晃悠著，那個姿態像極了以前飼養的小狗從她的床頭躍到石板地上的樣子。

「哎呀——」

阿蓮突然發覺到室內的昏暗，不可思議地環顧四周。然後，不知何時，在她的頭頂正上方的天花板上，垂吊下一盞點著燭火的中式琉璃燈。

「啊，真漂亮！好像回到從前一樣呢。」

她癡癡地望著燦爛的燈火，但是，看著自己在燈光映照下的身姿，她卻悲傷地搖了搖頭。

「我已經不是以前的蕙蓮了，現在是叫作阿蓮的日本人了，也肯定見不到阿金了。但是如果阿金能來的話——」阿蓮突然抬起頭，再一次發出驚訝的叫聲。她看見小狗所在的地方橫躺著一個中國人，手肘支在四角的枕頭上，正悠哉遊哉地抽著鴉片。高高的額頭、長長的睫毛，還有左邊外眼角的黑痣，全部都與阿金無異。而且他看見阿蓮後，也是叼著煙管，和以往一樣，涼薄的雙眼裡快速地浮現出一抹微笑。

「看吧，如你所見，東京已經舉目四望都是森林了。」果然，二樓的中式「亞」字形欄杆外面，未曾見過的樹木都伸展著枝幹，好幾隻長得如刺繡圖案般的小鳥，正在枝頭輕快地鳴唱著。看著這樣的景色，在日思夜想的阿金身畔，阿蓮恍惚地坐了一整夜……

「之後過了一天還是兩天，阿蓮——本名是孟蕙蓮，就成為這家K精神病院的一名患者了。她是在甲午戰爭中，被客人從威海衛的某家妓院裡帶走的——什麼，想知道是怎樣的女人？請等一下，我這裡有照片。」

K展示的老照片裡，有一個穿著中國服飾的寂寞女人，還有一隻小白狗。

「她剛來這家醫院的時候，不論誰說什麼，都絕不脫掉那身中國服飾，而且只要那隻小狗不在身邊，她就頻繁喚著阿金阿金的。想來牧野也是個可憐的男人，說是把蕙蓮當作小妾，但作為日軍的一分子，卻在剛剛打完仗的國家境內帶走一個女人，怕是也吃了不少不為人知的苦頭吧。什麼？阿金怎麼樣了？那種事還用問嗎？我懷疑，那隻小狗是不是病死的還說不準呢。」

大正九年（1920）十二月

火神阿耆尼

〈 1 〉

中國上海的某條街上，一座連白天也光線昏暗的房屋的二樓，有一個長相醜陋的印度老婦正跟一個商人模樣的美國人起勁地攀談著。

「我這次來是為拜託阿婆占卜一事。」

美國人邊說邊點燃香煙。

「占卜？我已經決定不再占卜了。」阿婆好像嘲弄般地轉著眼珠看著對方：「最近即使幫人除了霉運，不懂禮數的人也越來越多了。」

「我自當重金酬謝。」美國人毫不吝嗇，將一張三百美元的支票遞到老婦面前：「這只是小小的心意，若是阿婆的占卜靈驗，我還有重禮。」

老婦看到三百美元的支票，瞬間態度和藹起來。

「這麼大的禮，讓我怎麼好意思收呢。話說回來，你想要我占卜什麼啊？」

「我想讓您幫我占卜的是——」美國人叼著煙，臉上浮現出狡黠的微笑：「是日美戰爭何時爆發一事。如果能知道確切的時間，我們這樣的商人在短期內就能發大財了。」

「請明天再來一趟吧，此前我會開壇布法幫你詢問的。」

「那麼，還請萬事小心。」

印度老婦得意洋洋地拍著胸脯說：「我占卜五十年來還沒有出過岔子。要知道我可是直接從火神阿耆尼[11]那裡得到啟示的。」

美國人離開後，老婦走到隔壁房間的門口大聲喚著：「慧蓮，慧蓮。」應聲出來的是一個美麗的中國女子，彷彿受到什麼折磨般，本該豐腴的臉頰一片蠟黃。

11. 阿耆尼（Agni），印度吠陀神話中的火神，婆羅門教中陸地上地位最高的神祇。

「你磨磨蹭蹭幹什麼？還真是個厚顏無恥的女人啊，肯定又是在廚房偷懶打瞌睡了吧？」

慧蓮不管被如何指責，都只是低頭沉默著。

「你給我聽好了，今晚我要向火神阿耆尼占卜詢問，你給我做好準備。」

女子抬起充滿悲傷的眼睛，望向面色發黑的老婦。

「今晚嗎？」

「今晚十二點，聽到沒有？忘記了有你的好果子吃。」印度老婦威脅性地手指一揮：「你要是又像上次一樣讓我白費苦心的話，我就要你的命。要知道，想殺你可比殺隻雞還容易——」

老婦話說到一半，猛地皺起眉來。她突然注意到，不知何時，慧蓮已經走到窗邊，透過微微開啟的窗戶看著人煙稀疏的馬路。

「你看什麼呢？」

慧蓮的臉色更加暗淡了，她再次轉過頭望向老婦。

「好啊，好啊，你要是想糊弄我的話，可就不止是受皮肉之苦了。」

老婦怒目而視，舉起一旁放置的掃帚。正好在那個時候，似乎有人走過來了粗魯的敲門聲突然響起。

《 2 》

此時，恰巧有一個年輕的日本人路過這家門外。不知怎的，當他一眼望見二樓窗戶裡探出臉來的中國女子，就像被摘了魂般，呆呆地站在了原地。

除他之外，經過那裡的還有一名上了年紀的中國人力車夫。

「喂，喂，那邊二樓裡住的是誰，你知道嗎？」

日本人突然向那個車夫發問道。那個中國人握著人力車的拉杆，抬眼望向高高的二樓。

「那裡嗎？那裡住著一個不知道名字的印度老婦。」他的語氣中帶著些許恐懼，回答完就想要快步離開。

「喂，等一下，你說的那個阿婆是做什麼生意的？」

「是個占卜師。這也是附近的傳聞，說那個人什麼魔法都會使。總之，想保命的話，還是不要去找那個阿婆比較好。」

中國車夫走開了，那個日本人雙手抱胸，似乎是在考慮什麼，最後好像下定決心似的，他快速走進了那幢建築。之後突然聽到的就是老婦的叫罵聲，以及那個中國女子的啜泣聲。那個日本人一聽到聲音，三步並一步地邁上光線昏暗的樓梯，隨後奮力地敲打印度老婦的房門。

房門很快打開了，日本人走進去巡視，屋內只有印度老婦一個人。中國女子大概是躲到隔壁房間或類似的地方去了，未見人影。

「有何貴幹？」老婦一臉懷疑，緊盯著他的臉。

「你就是占卜師吧？」

日本人抱著胸，回望著老婦。

「是的。」

「那麼你不用問，也應該知道我此番前來所為何事吧？我是為了讓你給我占卜才來的。」

「占卜何事？」老婦愈發懷疑地打量著這個日本人。

「我家主人的千金去年春天下落不明了，我想請你幫我算上一卦。」日本人一字一句擲地有聲：「我家主人是日本駐香港領事，小姐閨名妙子。我是下人遠藤，怎麼樣？小姐現在身處何方？」

遠藤一邊說著，一邊從上衣暗袋裡摸出一把手槍。

「是不是就在這附近？據香港員警調查，帶走小姐的好像是一個印度人，你想隱瞞的話我就對你不客氣了。」

印度老婦並未露出恐懼不安的神色，唇畔某處甚至浮現出嘲弄的微笑。

「你說什麼呢，我可沒見過什麼千金大小姐。」

「你說謊！剛剛我在窗外看到的分明就是妙子小姐。」遠藤一手握著手槍，一手指向隔壁房間的門口：「說我是胡攪蠻纏，就把那間屋裡的人叫出來對質。」

「那是我收養的孩子。」老婦仍舊嘲諷地兀自嗤笑著。

「是不是收養的，我看到自會分辨，你若是不把人交出來，我就送你上黃泉。」

就在遠藤試圖衝進隔壁房間之際，印度老婦突然擋在了門口。

「這可是我家，怎麼可能讓你這個見都沒見過的陌生人闖進裡屋去。」

「閃開，再不閃開我就開槍了。」

遠藤舉起槍，不，是正打算舉槍，但是在那一瞬間，老婦發出好像烏鴉般的叫聲。遠藤就像被電擊似的，手槍從手裡跌落到地上，就算是勇猛如他，此刻也受驚不小。

有那麼一會兒，他怪異地打量著四周，隨後又鼓起了勇氣，一邊罵著「巫婆」，一邊朝老婦猛虎般撲過去。

不過老婦的腿腳也很利索，迅速而輕巧地俯身躲過，又抓過一旁的掃帚，對著試圖再次抓住自己的遠藤的臉，揮掃起地板上的垃圾。霎時間，垃圾全變作了火苗，向遠藤的臉上、眼睛、嘴巴燒過去。

遠藤被火苗團團圍住，被火焰帶起的旋風追趕著，連滾帶爬地逃了出去。

《3》

當晚接近十二點時，遠藤獨自站在老婦家門外，懊惱地看著二樓玻璃窗上的人影。「辛辛苦苦找到了小姐的所在之處，卻不能將小姐救回來，實在是太失敗了。乾脆去找員警吧，不，不，中國員警的行動遲緩早在香港就領教過了，如今萬一被她逃跑了，再找起來就更辛苦了。不過，在那個女巫面前，連手槍也不管用——」

遠藤正琢磨著這些事，突然從二樓的窗戶裡飄落下一張紙片。

「咦？怎麼有紙片飄下來——難道是小姐寫的？」遠藤這麼自言自語著，將紙片撿起來，又從懷中拿出手電筒，打出一道圓柱形的光束查看。果然，紙片上是妙子寫下的淺淺鉛筆印。

「遠藤先生，這房子裡的老婦是個邪惡的女巫，經常在半夜借助我的身體召喚一個叫作『阿耆尼』的印度神。我被那個神附身的時候，就像死過去一般。對所發生的事情一無所知。但是，據老婦說，阿耆尼神會借我的口，來說出各式各樣的預言。今晚十二點，老婦又會召喚阿耆尼神，以往，我都會不知不覺地失去意識。但是今晚，當我還清醒的時候，我會裝作被施法的樣子。然後，我會告訴老婦：如果不將我送回父親那裡，阿耆尼神就會降罪於她。老婦最畏懼阿耆尼神的法力了，聽到我這樣說，一定會將我送回去的。請務必明早再來老婦家一次。除此之外，絕無可能逃出老婦的掌控。就此別過——」

遠藤讀完了信，掏出懷錶看了看，離十二點還差五分。

「差不多時間了。對方是那樣的巫婆，小姐又還是個孩子，要是弄不好——」

遠藤還沒考慮周全，那邊已經開始施法了。剛剛還亮著燈的二樓窗子，突然一團漆黑。與此同時，不知何處傳來一股奇妙的香氣，彷彿要滲進石子路面的底下一般，靜靜地飄散在空中。

〈 4 〉

此時，在熄了燈的二樓屋子裡，那個印度老婦把魔法書攤開在桌上，快速念起咒語。即使周圍是一片昏暗，在香爐的火光中，書上的字跡卻清晰浮現。

憂心忡忡的慧蓮，不，應該是穿著中國服飾的妙子，始終坐在老婦面前的椅子上。剛剛從窗戶扔出去的紙條是否順利被遠藤拿到了？那時候路上的那個人影，確實像是遠藤，但是該不會認錯人了吧？妙子這麼想著，更加坐立難安起來。機會只有一次，如果被老婦抓到了，只怕從這個恐怖的巫婆家逃跑的計畫也會瞬間被識破。所以妙子拼命地將顫抖的雙手合十，按照事先計畫的樣子，等待著她偽裝成阿耆尼神降臨的那個時刻。

老婦停止吟唱咒文，又開始圍著妙子做各種各樣的手勢，一會兒站在面前，向兩邊高舉雙手，一會兒又跑到後面去，最後猛地把手罩在妙子的額頭上，好像要蒙住她的眼睛似的。如果此時有人從屋外看到老婦的樣子，肯定覺得就好似巨大的蝙蝠類生物，在香爐青白色的火光中轉來轉去。

這時候，妙子漸漸感到有了睡意，但就此睡過去的話，辛苦策劃的逃跑計畫就泡湯了，若是那樣的話，一定再找不到第二次機會可以逃回父親身邊了。

「日本的神靈啊，求求你們保佑我千萬不要睡著，只要讓我再一次見到父親，哪怕只看一眼，就是讓我當場死掉也心甘情願。日本的神靈們啊，請務必助我一臂之力，逃出魔爪。」

妙子無數次在心中熱切地祈禱著，可是睡意還是一徑強烈起來。同時，在妙子耳邊恰好響起宛如銅鑼般無從解釋的音樂聲，飄渺地傳播開來。這正是往常阿耆尼神降臨時都會聽到的聲音。

已經到了無論怎麼忍耐，也不得不睡去的程度了。此時她面前香爐的火光，甚至印度老婦的模樣也像漸漸淡去的噩夢般，眼看著消失了。

「火神阿耆尼，火神阿耆尼，請傾聽我的詢問。」

當那個巫婆拜倒在地板上用嘶啞的聲音祈禱時，妙子坐在椅子上，不知何時已經不問生死，沉沉睡去。

《 5 》

不論是妙子還是老太婆，都認為這個施法的場面是不為外人所知的。而實際上，在房門外，還有另一個男人從鎖眼裡窺視著。那人又是誰呢？——毋庸置疑，自然是僕人遠藤。

遠藤接到妙子的紙條後，在馬路上站了一會兒，也曾考慮過是否要等到天明時分。但是一想到小姐，他就怎麼也無法安下心來，所以才像小偷般潛入了房中，迅速地來到二樓門口。從剛才起，他就一直在偷看。

雖說是在偷看，畢竟是從鎖眼中窺視，他所看到的也不過是置身青白色香爐煙火中、好像死人般的妙子的正面罷了。此外的桌子、魔法書，還有拜倒在地板上的老太婆，遠藤是完全看不到的。但老太婆那嘶啞的聲音卻清晰得彷彿就在身旁。

「火神阿耆尼，火神阿耆尼，請回應我的召喚。」

老太婆話音剛落，彷彿連呼吸都停止的妙子突然坐正身體，閉著眼說起話來。只是怎麼聽來都不像妙子那少女的聲音，而是男人有些粗魯的聲音。

「不，我不會再回應你的請求。你背棄了我的教誨，壞事做盡。我心意已決，要在今夜與你切斷聯繫。不，若你再作惡多端，我必重懲於你。」

老太婆驚愕地呆在原地，久久無法回答，只聽見類似喘息的聲音。妙子不理會老太婆的反應，繼續鄭重地說道：「你從那可憐的父親手中偷來了這個女孩，若你還想活命，不要等明天，就在今夜，迅速將女孩送回家去。」

遠藤從鎖眼中看著，也在等待老太婆的回答。本以為老太婆會驚訝萬分，出乎意料的是，她卻哼笑一聲，猛地衝到了妙子面前。

「想要糊弄我，少來那一套。你以為我是誰，我可不是年老眼花的老太婆，不會被你騙過的。一早將你送回你父親那裡——火神阿耆尼又不是警察局長，豈會說出這樣的話？」

老太婆不知從哪裡抽出一把匕首，對著雙目緊閉的妙子比劃著。

「坦白招了吧，你一定是在模仿火神阿耆尼的聲音。」

雖然從剛才起就一直在偷看事態發展，但遠藤當然不知道妙子是真的已經睡著了。所以他見此情景，心驚膽戰，以為計畫已經敗露。妙子卻依舊緊閉雙眸，輕蔑地笑著回答道：「你也離死不遠了，在你聽來，我的聲音竟和人類一樣嗎？我低沉的聲音，是天上燃燒的火焰之聲。你連這個也分辨不出嗎？分辨不出的話就隨便你吧。我只問你一句，是立刻送這女孩回家，還是要違背我的教誨？」

老太婆似乎猶豫了一下。但是，她很快又鼓起了勇氣，一手握著匕首，一手抓住妙子頸後的頭髮，將她拖到身邊。

「愚蠢的傢伙，依然死性不改。很好，很好，那就如我先前所說的，取了你的小命吧。」

老太婆已經舉起了刀，再遲一秒，妙子就沒命了。遠藤猛地站起身，試圖用力撞開上鎖的房門。但是，房門可不是那麼容易被撞開的。無論他猛推或拍打，也只是徒增手上的傷口罷了。

︽ 6 ︾

屋子裡突然有人「哇」地大叫一聲，聲音響徹黑夜。之後，還聽到有人倒地的聲音。遠藤發狂般地叫喊著妙子的名字，將全身的力氣集中在肩膀，努力試圖破門而入。

伴隨著木板破裂、門鎖撞飛的聲音，門終於被撞開了。他面前的房間裡，只見香爐青白色的火光在燃動著，寂靜得彷彿空無一人。

遠藤借著那火光，戰戰兢兢地環視四周。最先映入眼簾的正是端坐在椅子上的妙子，如死人般一動不動。遠藤看到，不知為何妙子的頭頂散發著金光，讓人有肅然起敬之感。

「小姐，小姐。」遠藤走近椅子，嘴巴湊近妙子耳邊用力地呼喚著。只是妙子卻緊閉雙眸，一言不發。

「小姐，請振作點，我是遠藤。」

妙子如夢方醒般，微微睜開了眼睛。

「你是遠藤？」

「是我，是遠藤。已經沒事了，請放心，來吧，我們儘快離開這裡。」

妙子彷彿還置身夢境中，用微弱的聲音說著：「計畫失敗了，我不小心睡著了。請原諒我吧。」

「計畫敗露怎麼能怪你呢？你已經按照我們的約定，模仿了阿耆尼火神。別說那麼多了，還請快點離開這裡吧。」遠藤急三火四地從椅子上抱起妙子。

「咦？騙人，我真的睡過去了。說過什麼自己都不記得了。」妙子把頭靠在遠藤的胸口，自言自語地這麼說著：「計畫失敗了，我可真的逃不出去了。」

「沒有那回事，我們兩個一起，這次一定沒有問題。」

「可是，阿婆不是還在？」

「老太婆？」遠藤再次環視室內，桌面上和剛才一樣，還攤著魔法書。桌下仰面朝天躺著的正是印度老婦。令人意外的是，老婦的胸口插著自己的匕首，已經死在血泊中了。

「阿婆怎麼樣了？」

「死了。」

妙子仰望著遠藤，精緻的眉頭緊鎖。

「我什麼也不知道，阿婆是遠藤你——是你殺死的嗎？」

遠藤的目光從老婦的屍體移到妙子臉上。今晚的計劃雖然失敗了，但是老太婆已死，妙子小姐也安然無恙地救出來了，命運的力量真是奇妙。在這瞬間，遠藤也終於想通了什麼。

「不是我殺的。殺死那個老太婆的是今夜降臨的火神阿耆尼。」

遠藤抱著妙子，神情肅穆地低喃著。

大正九年（1920）十二月

妖婆

你也許難以相信我所說的話，不，你一定會認為我在說謊吧。過去是否發生過這種事已不可知，但我即將陳述的故事卻發生在大正的太平盛世中，而且正是發生在你一直居住的這個東京。門外是疾走的電車和汽車，門內是不絕於耳的電話鈴聲，翻開報紙所看到的都是同盟罷工或婦女運動的新聞。就是在這樣的一天，就在大都會的一角，發生了這種好像只有愛倫•坡或是霍夫曼的小說裡才有的恐怖怪事，不管我再怎麼申辯這是事實，各位肯定會覺得難以置信。但是，就算東京的大街小巷有幾百萬盞燈火，點亮了隨著日落而降臨的黑夜，也無法換回逝去的白晝。同樣，即使無線電和飛機已經征服了自然，但是潛藏於大自然深處的神秘世界的地圖，也斷然無法被全部揭示。那麼，在這個文明之光照耀下的東京，平常只有夢中才會出現的樑上精靈們，難道就不會展現出奧厄巴赫的魔洞般的不可思議之處嗎？在我看來，它們完全不受時空的限制，只要你稍加留意，就可以震驚地發現那些超自然現象宛若夜晚盛放的花朵一般，始終在我們周圍出沒。

這就好比冬日的傍晚時分，你走過銀座大道時，一定會看到柏油路上飄散的紙屑，被一陣旋風捲動著聚集起來，剛好二十片一堆。若只是這樣，也不值一提，但若是你試著仔細觀察有幾處紙屑在風中打轉，會發現從新橋到京橋之間，必定是左邊有三處，右邊一處，而且絕無遺漏都是在十字路口附近。你可能會說這大概是因為氣流的關係。不過，你若稍加注意就會發現，不論是在哪一堆紙屑的漩渦中，必定會有一張紅色的紙屑——或許是電影的廣告，或者是千代紙業的花邊，甚至是火柴的商標等等。種類雖變化多端，但是唯獨能看見紅色這一點，是萬古不變的。那紅色儼然是其他紙屑的統帥般，一陣風吹過，便率先飛旋起來。於是在那微塵之中，仿若響起了竊竊私語，散落在四面八方的白色紙屑彷彿都消失在柏油馬路的上空。倒也不是真的消失，而是一起在空中劃著圈，流螢般地飛舞著。即使是無風的時候也是如此，一如我往常所見，紅色的紙屑也會率先停下來。如此說來，讀者如你也必定會拍案稱奇吧。我自然也是深感驚訝的，甚至曾兩三次駐足街頭，透過附近的櫥窗，從傾瀉的燈光中專注地看著迴旋飛舞的紙屑。實際上，當我如此觀察時，平常人眼不易察覺的物體，如掩映在昏暗光線中的蝙蝠一般，雖然朦朧，倒也變得隱約可見了。

但是，東京街頭不可思議的事情，絕不僅僅是銀座大道上散落的紙屑這一件。深夜乘坐電車在市內穿行時，偶爾也會出現一些意料不到的奇妙事情。這其中最奇怪的就是，那穿行在無人之街的紅線[12]和藍線[13]電車竟會在空無一人的月臺停車。這件事也跟前文所述的紙屑一樣，如果您覺得有疑慮的話，今夜不妨前來一探。

同樣是市內電車，聽說動阪線和巢鴨線發生此類事件的情況較多。就是四五天前的晚上，我所乘坐的紅線電車就在無人上下車的月臺前停靠了下來，恰巧就是動阪線的團子阪下站。並且乘務員還手拉車鈴，向著街道的方向探出大半個身子，像往常一樣招呼著：「要上車嗎？」我就在靠近乘務室的地方，立刻抬眼向車窗外張望。只看見薄雲籠罩下透出的朦朧月光，別說是月臺上了，就連兩側的住家也都閉門鎖戶的，深夜的街道上全然不見人影。我正覺得不可思議之時，乘務員再次拉鈴，電車緩緩開動。就是此時，我也依然眺望著窗外。隨著月臺漸漸遠去，不知怎的，在月光中我好像也看到了逐漸變小的人影。這個不用說，也可能是我神經過敏。但是在此之前，正在疾馳的紅線電車乘務員又為何要在無人上下的月臺停車呢？而且遭遇此事的也並非僅我一人，與我相熟的人當中，據說也有三四位呢。難道說是乘務員在那個時候打盹了嗎？我的一個朋友還曾抓住乘務員質問：「根本沒有人停什麼車啊？」乘務員也一臉猶疑地回答：「我覺得看到乘客了啊……」

除此以外還有幾個例子，比如炮兵工廠的煙囪會逆風冒煙；無人撞鐘的尼古拉教堂夜半時分突然鳴起鐘來；序列號相同的兩輛電車前後通過夕陽西下的日本橋；空無一人的國技館中，每晚都能聽到觀眾的喝彩……諸如此類

12. 末班車。

13. 倒數第二班車。

「自然之夜的剪影」[14]，如同美麗的蝴蝶交織飛舞一般，在這繁華的東京街頭時隱時現。因此，我接下來要講的事情，並非什麼遠離現實世界的、徹頭徹尾的虛構故事。不，既然你已經瞭解東京夜晚的一些秘密，請千萬不要以為我是胡說八道愚弄人。若是你聽完我的敘述，仍覺得是如鶴屋南北[15]的鬼火般捕風捉影的事，與其說我所述之事是子虛烏有，不如說是我的敘事方式無法與愛倫・坡或霍夫曼比肩吧。就在一兩年前，故事的當事人在某個夏夜與我相視而坐，說起了這個不可思議的故事。令我至今難忘的是，當他娓娓道來時，我確實感覺到一種該說是妖氣或是什麼的東西，陰森森地包圍著我們。

這名男子是日本橋邊一家出版社的少東家，時常出入我的居所。通常情況下他都是來去匆匆，談完業務就走，更別說閒話兩句了。那一夜正巧從日暮時分就下起了雨，他原本是想等雨停再走，不知什麼時候起就這麼閑坐下來。這位少東家面色白皙，眉宇清秀，身形消瘦。他端正地坐在盆型燈籠的火光映照下的廊沿邊，東拉西扯地聊過了小半夜，話題雜七雜八包羅萬象。就在這各式閒話間，他突然面色凝重地緩緩開口道：「我有一事，務必說與先生一聽。」此間談到的便是本文所述的妖婆的故事了。那位少主人身穿一件質地上乘的夏季麻布褂，肩頭處染有一抹黑色，將放有西瓜的碟子置於身前，好像忌憚被人聽到般小聲說話的樣子，我至今仍歷歷在目。順便插一句，彼時掛在少東家上方的那盞盆型燈籠，豐滿圓潤的燈體映襯出秋草的圖案，與之相對的是雨後天空中，那團團陰雲透著彷彿要滲透進身體般的黑暗，也讓人無法忘懷。

言歸正傳，這件事發生在少東家新藏（為避嫌，故取此化名）二十三歲那年的夏天。起因是少東家有些顧慮之事，所以專程到居住在本所區一町目

14. 出自凱薩琳・庫洛的怪談集《heNightSideofNature》（1848）。

15. 鶴屋南北（1775-1829），其初代本名伊之助，江戶人，歌舞伎劇本作家。其作品具有寫實性，內容新奇而怪異慘澹，代表作有《東海道四谷怪談》。

的降神婆婆那裡。大約是六月上旬的某日，新藏拽著商業學校的同學走出了他家開的和服商店，打算去與兵衛壽司店小酌一杯，期間不等人問，他便將自己擔心的事情說漏了嘴。友人阿泰立刻鄭重其事地熱情相邀：「那麼，去找阿島婆算一卦吧。」新藏仔細一打聽，這位降神婆婆是兩三年前從淺草附近搬到此地的。不但會占卜加持，甚至會召喚式神，都說是會通靈的婆婆。「你也聽說了吧，前段時間投河的漁政店老板娘的事情。那屍骸怎麼都不見浮起來，可是找阿島婆請了一支符，順著一橋扔進河裡後，屍體當天就浮起來了。而且就是從一橋的橋樁那裡浮起來的。恰巧那天日落時分漲潮，就被停靠在那裡的運石船老闆看見了。眾人喊著『客官』、『浮屍』之類的，火速跑去橋頭的派出所報案。我路過的時候，剛好巡查也已經到了，我從人群中窺探了一眼，剛剛浮起的老闆娘屍體蓋著破席子橫躺在那裡，席子下露出了被水泡脹的腳底，你猜怎麼著？那張符就斜斜地粘在那裡。就算是我也嚇得汗毛倒豎了。」

聽到朋友這麼說，新藏也是背後一陣寒意。夕陽下潮水的顏色、橋樁的形狀、橋樁下漂浮的老闆娘屍體——那一幕幕都似乎近在眼前。不過，他依然不甘示弱地說：「那可真有趣，請一定帶我去見識見識吧。」「那我就給你帶個路吧。前段時間我去諮詢了一些金錢方面的事情，也算有些交情了。」「那就拜託了。」就這樣，兩人叼著牙籤出了與兵衛壽司店，用蕎麥編的草帽遮擋著梅雨初晴的夕陽，披著夏服外套，肩並肩晃晃悠悠地走向降神婆婆的住處。

這裡還是要說一下新藏所擔心的事情。他家中的使喚丫頭中有一個叫作阿敏的，與新藏相互愛慕有一年多了，只是不知為何，自從去年年末她去叔母家探病以來，便杳無音信。吃驚的不止是新藏，新藏的母親也照管過阿敏，並為之牽掛，特意找了保人，輾轉打探，用盡方法卻始終不得要領。只是不斷傳來各種傳聞，說她去做了護士，或是去當了小妾之類。風言風語倒是不少，但是一追查起來卻又無疾而終。新藏最初也感到坐立不安，隨後卻越來越氣憤，近來則只是鬱悶發呆。母親本來就對兩人的關係略有察覺，看著他那無精打采的樣子，又增添了一種新的擔憂。於是，她力勸新藏去看戲，泡溫泉，或是代替父親去參加商社的宴會，用盡各種方法，哪怕是毫無道理的，也要讓新藏振作起來。

這一天，他也是因為受母親指派才出門的，雖然名義上是去本所附近的零售店巡視，實際上是讓他出去散心遊玩，還特意給他帶了一些紙幣。正好東兩國有新藏的童年玩伴，他就拽著阿泰一起去久違的與兵衛壽司店，打算喝一杯了。

就是因為還有這樣的事，雖說是去找降神婆婆，但是在半醉的新藏內心深處，也是抱著幾分真心希望的。在一橋左拐，沿著行人稀少的豎川河岸向二橋方向走百十來米，在泥瓦匠鋪和雜貨鋪間的縫隙裡，夾著一間房舍，有著竹格子窗和灰撲撲的煤煙色格子門。當聽到這就是降神婆婆的住處時，新藏覺得自己和阿敏的命運彷彿就在這個古怪阿島婆的隻言片語中，頓感一陣不祥之意，剛剛的醉意也瞬間煙消雲散了。而實際上，阿島婆家一眼望去就讓人泄氣。這是一座低簷平房，因著這段時間的陰雨天氣，石板上都生了苔蘚，好像要長出蘑菇一樣，奇特地浸透著陰霾之氣。除此以外，與隔壁雜貨鋪的相鄰處有棵一抱粗的垂柳，垂下的枝條甚至遮蔽了窗口，給屋頂的瓦當都籠上一層陰影。僅隔一層紙拉門的房內似乎隱藏著不同尋常的秘密，透出陣陣陰森的氣息。

然而，阿泰卻毫不遲疑地站在那扇竹格子窗前，回望新藏的方向，剛剛想起來似的嚇唬他道：「總算是要見到這個鬼婆婆了，你可別太驚訝啊。」新藏自然是回嘴道：「又不是小孩子了，還能被個老婆婆嚇倒嗎？」阿泰作弄地回望他一眼：「什麼話，不是因為見到婆婆而吃驚，而是這裡有一位你想像不到的美人呢，所以得給你提個醒啊。」這麼說著，阿泰衝著門裡招招手，好聲好氣地招呼道：「打擾了。」與此同時，一個聲音回道：「哪裡。」隨後拉門被打開，入口處跪坐著一位水靈靈的十七八歲少女，果然如阿泰所言，美麗得令人吃驚。她皮膚白皙，鼻樑高挺，美人鬢角修飾著嬌小的容顏，雙目顧盼流轉，只是那容貌間透著讓人心疼的憔悴，連點綴著粉色撫子花[16]的腰帶，也彷彿在壓迫著藍底白色花紋單衣下的胸部。

阿泰和姑娘打了個照面後，一邊摘掉草帽一邊問道：「令堂在嗎？」姑娘面帶難色：「不巧家母出門去了。」她說著，彷彿剛做了一件不好的事情般，眉宇間也沾染了羞色。突然，她抬眼，往格子門外看了一下，臉色猛地一變，「哎呀」一聲就要站起來。阿泰心想此處地形特殊，會不會背後來了歹徒，慌忙向後張望，剛剛站在夕陽中的新藏已不見了身影。此時，容不得他有時間吃驚，那降神婆婆的女兒已經揪著他的衣襟，急切地拼命拜託他：「閣下，您所帶來的那位先生，請萬萬不要再領他至此了。如若不然，恐性命難保啊。」阿泰不明所以，如墜雲裡，只是呆呆地站在那裡。好在他還是把話聽進去了，知道是受人所托，便狼狽地應道：「好吧，我就答應你吧。」隨後，他連草帽都沒有戴，就急匆匆跑出去追趕新藏，竟追了五六十米遠。

五六十米開外的地方，正好是僻靜的石岸。那裡除了有幾根電線杆的上半截還沐浴著夕陽之外，別無他物，新藏就呆呆地站在那裡，雙手交叉，垂眼盯著腳面。阿泰終於追了過來，氣喘吁吁地說：「搞什麼鬼。我都說過不要被嚇到了，你倒好，反而嚇了我一跳。你對那個美人——」話還沒說完，新藏已經腳下不穩地朝著下一座橋的方向走去，一邊走一邊還激動地說：「我怎麼會認不出那個女人呢。你知道嗎？那是阿敏啊。」阿泰又吃了一驚——這是自然的。

不管怎麼說，他們此番前來就是為了向阿島婆詢問阿敏的行蹤。不過阿泰也受姑娘所托，雖然難以啟齒，也不能只顧著驚慌失措。於是他把草帽扣在頭上，原封不動地將阿敏說不能再來此地的囑咐轉達給新藏。新藏靜靜地聽完，眉頭緊皺，用疑惑的眼神看著阿泰，說：「我理解她不讓我再過來的

16. ①撫子花學名石竹，花小，花瓣粉紅色。日本通常用撫子花形容傳統的女性，因為撫子花是一種生命力很強的植物，是以形容女人堅毅的精神。

想法，只是這性命攸關不免太過蹊蹺了吧。與其說是古怪，不如說更像是恐嚇了。」說話間，他的語氣中好像帶著怒火。阿泰也只是傳話，並沒有詢問阿敏其中緣由就離開了阿島婆家。此時，他雖然想勸解對方，卻也只能說些應景的話，起不了實際作用。事已至此，新藏卻像是置身事外般的沉默下來，快步走開。不知不覺，兩人又來到了與兵衛壽司店的招牌下。新藏突然朝著阿泰，語帶遺憾地說道：「其實我只要能見到阿敏就已經很開心了。」阿泰順嘴挑唆道：「那就再去一次吧。」事後回想起來，這句話無疑是對新藏內心欲望的火上澆油。過了不久，新藏便別過阿泰，重新回到了院前的住持雞肉館。在等待周圍的天色暗下來的時間裡，他不覺已經喝完了兩三瓶酒。當夜色完全籠罩時，他沖出酒館，噴吐著酒氣，將單褂甩在身後，目標直取阿敏的住所——那個降神婆婆的家。

天空中一顆星星也沒有，夜色一片黯淡。悶熱潮濕的空氣裡散發著惡臭，不時掠過一絲風，這是梅雨季節常有的天氣。不用說，新藏在沒問清楚阿敏的心意前，是絕對不會無功而返的。墨色流動的夜空中柳條輕擺著，樹下的竹格子窗口裡亮著燈。新藏不顧那低矮房屋中透出的詭異，猛地拉開格子門，站在狹小的門廳裡惡聲惡氣嚷著：「晚上好！」不論是誰，聽到這樣的聲音都會立刻明白來者不善吧。唯唯諾諾的回應聲，彷彿在顫抖般響起。不一會兒，房門被拉開來，露出了阿敏靜默的身形。她手撐著地板，隔壁房間的燈光照在她身上，憔悴的面容彷彿剛剛哭過一般。

只是新藏此時酒意上頭，草帽扣在後腦勺上，冷酷地俯視著阿敏，自顧自地一股腦兒說道：「喂，令堂在家嗎？我因故造訪——願賞光一見嗎？你去通報一下。」那是怎樣折磨人的言行啊，阿敏雙手交握，想要消失般地俯下身子應道：「是。」說話間將淚水又咽進肚子裡。正當新藏噴吐著如虹的酒氣想再喝一句「快去通報」時，從隔著紙門的鄰屋傳來彷彿癩蛤蟆低鳴般的聲音：「是誰啊？站在門外的，不要客氣進來吧。」那正是阿島婆悶聲悶氣的微弱聲音。門外的人也不客氣。你這個把阿敏藏起來的幕後黑手，我就先把你懲治了——新藏這麼想著，猛地沖進來，甩掉單褂，把草帽扔進試圖阻止他的阿敏手裡，昂首闊步地走進里間。可憐被拋在身後的阿敏，將身子緊貼在隔扇的紙門上，顧不上整理單褂和草帽，飽含熱淚的蒼涼眼眸仰望著屋頂，雙手合抱在胸前，不斷地祈禱著什麼。

新藏進到里間後，毫不客氣地盤坐在墊子上，四下張望了一回，房間如他所料想一般，屋頂和房梁都是黑魆魆的，面積有八疊[17]大小，正對面是六尺見方的地板，一面神鏡、兩壺供酒，以及三四紮剪裁好的紅綠黃三色紙幣，畢恭畢敬地擺放在畫著婆娑羅大神的畫軸前。左邊的走廊緊貼著豎川，也許是錯覺吧，透過格子窗，淙淙的流水聲隱約可聞。還是來看看最關鍵的阿島婆吧。地板的右前方有一個櫃子，裡面擺放著點心盒、汽水、袋裝砂糖，以及雞蛋禮盒等禮品。一位體格龐大、梳著切發、塌鼻子、大嘴巴、青面獠牙的婆婆，穿著黑底無領衫，閉著睫毛稀疏的雙眼，交叉著浮腫的手指，彷彿鬼魅般地坐在櫃前。剛剛這位婆婆發出的聲音就好像癩蛤蟆在低語一般，如今再看她這坐姿，癩蛤蟆還是那只癩蛤蟆，只不過要說她是成了精的癩蛤蟆偽裝成人類的樣子，在這裡噴吐毒氣也不為過。就連新藏也覺得頭上的燈光黯淡了下來，不免一陣心驚肉跳。

不過，新藏早已做好了心理準備，爽快地說道：「那麼請您給我看看姻緣吧。」不知是沒聽見這句話還是怎麼，阿島婆努力抬起眼皮，一隻手支在耳邊，反復問道：「什麼？問姻緣？」然後，她又從鼻子裡發出嗤笑，用含糊的語調說著：「客官是想找女人嗎？」新藏強忍著即將爆發的怒氣，顧不上什麼身份，同樣不甘示弱地用鼻子嗤笑道：「就是想找才讓你給看看的，要不是為這個，誰會來這種地方——」可阿島婆倒是泰然自若，扇動著放在耳邊的手，彷彿蝙蝠拍動翅膀一般，半是玩笑地打斷了新藏的話：「不要生氣嘛，我這狗嘴裡吐不出象牙。」然後，她突然口氣一變，仔細詢問起來：「今

17. 日本計量房間大小的量詞，一疊為一張榻榻米的大小。

年貴庚啊？」「男的二十三，屬雞。」「女方呢？」「十七。」「那是屬兔了。」「出生的月份是——」「不用多說，知道年份就足夠了。」阿島婆這麼說著，彎了彎放在膝頭的手指，好像在計算星辰一般。過了好一會兒，她才抬起鬆垂的眼皮，瞟了新藏一眼：「不成，不成啊，這可是大凶中的大凶。」她先是危言聳聽，隨後又自言自語般地說著：「要是結了姻緣，不論男女，必有一人命喪黃泉。」新藏不由得怒火中燒，心裡道：原來就是這個老太婆在這裡造謠生事，說什麼性命攸關。他忍無可忍，打著酒嗝，噴著酒氣嚷著：「大凶就大凶！男人一旦動情，生死早已置之度外，管它刀山火海都心甘情願！」只是阿島婆微睜著雙眼，蠕動著厚實的嘴唇，用譏笑的語調說道：「即便如此，死了男人的女人又該何去何從呢？更不用說，失去女人的男人也會傷心欲絕吧。」老太婆，你休想碰阿敏一根汗毛——新藏怒視著阿島婆，說道：「男人和女人，就是要同生共死的！」面對著新藏的怒目而視，阿島婆卻始終如一地交握著雙手，面色不濟的臉上是陰森的淺笑。「男人啊！」她反唇相識地說道。

新藏當時不由得打了個冷顫，事後說起來，當時的話就像是向阿島婆發出了挑戰，所以他感覺打了個冷顫。新藏被反駁了之後，阿婆看著他畏縮的神色，拉扯了一下黑底無領衫，嗲聲說：「不論你怎麼說，在天地自然面前，人力總不免有限。你不要一意孤行。」她說完，突然翻著白眼，兩隻手都支在耳邊，鄭重其事地說道：「你看，你看，證據不就擺在眼前嗎？你應該也能聽到那個歎息聲吧。」新藏不由得忘我地傾聽起來，只是隔著一重拉門，除了阿敏的動靜外，一無所聞。阿島婆的眼睛轉得更快了，「聽不到嗎？和你一樣的年輕人，此時正坐在石河岸邊唉聲歎氣呢。」她一邊說著，一邊跪著挪動過來，身後櫃子上映出的影子愈發龐大起來。新藏甚至能聞到那婆娘的體臭。拉門、隔扇、供酒、神鏡、櫃子和坐墊，所有的一切都籠罩在陰森森的妖氣中，彷彿都被打回原形，顯露出妖異的形狀。「那個年輕人也跟客官您一樣被美色迷惑，違抗了附在我身上的婆娑羅大神。他當即受到了神靈的懲罰，殞命於瞬間。客官你引以為鑒，安心聽命吧。」她的話像無數蚊蠅振翅一般，從四面八方傳進新藏的耳朵，與此同時，拉門外的豎川河畔，無名投河者的掙扎聲劃破了夜空。新藏被這一切嚇破膽，早已無心應戰，一句硬話也說不出，甚至連哭泣的阿敏也顧不上了，踉踉蹌蹌地衝出了阿島婆的家。

新藏回到位於日本橋的家中，翌日起床後便看到了報道，昨夜果然有人投了豎川。那人是龜澤町木桶店老闆的兒子，因為失戀投的河，那地方正是一橋和二橋之間的石河岸。大概是這件事對新藏的精神打擊太大，他突然開始發燒，聽說一連三天都臥床不起。不過他躺在床上時，也始終掛念著阿敏的事情。當然，時至今日，他已經知道阿敏絕不是移情別戀，她的突然告假和不讓新藏再去都是受到阿島婆的唆使。現在，他一方面為曾經懷疑阿敏而感到羞愧，另一方面，他也感到很困惑：阿島婆與自己無冤無仇的，為何會做出這樣處心積慮的事情。與教唆別人投河的阿婆同住，不難想像，阿敏也有可能被赤身裸體地綁在祭祀婆娑羅大神的房柱上，被點上松枝燒死。這麼一想，新藏更加寢食難安了。

到了第四天，他一能夠起床，就要去阿泰的住處，指望他能給自己出謀劃策。正好阿泰打來了電話，而且這通電話正是關於阿敏的。細問之下，原來昨晚深夜時分，阿敏曾經造訪過阿泰，說一定要與少東家見面，以便詳談。當然，她無法直接打到店裡，只能托阿泰傳話。新藏也正想要和她見面，他緊貼著話筒急切地問道：「她說在哪裡見面？」「這個嘛，」愛賣弄口舌的阿泰還特意賣了個關子，「這個內向的姑娘，居然會跑到才見過兩三次面的我家裡，也確實是別無他法了。我被她感動，當即就和她商量起會面地點的問題。她對阿島婆說是去澡堂，這才出得了門，去河邊的話稍微有點遠了——不過話說回來，也沒有其他地方可去了。我倒是說了可以到我家的二樓，不過她有所顧慮謝絕了。我也不想為難她，就問她有什麼想去的地方，她突然紅了臉小聲問我，明天傍晚少東家是否能去附近的石河岸。野地幽會無人問罪，真是美事一樁啊。」阿泰強忍著笑意，不過對新藏而言，這根本就不是開玩笑的場合，「那麼，確定是石河岸見面了。」他又一次確認道。阿泰回答道：「也別無他法，就那麼定了，時間是六點到七點之間，你們完事後還可以去我家。」新藏一邊答應著一邊道了謝，然後草草掛了電話，離日落還有很長時間，只能等待了。他撥弄著算盤，核對了一會兒帳目，又清點了中元節的送禮事宜。在這期間，他一直滿臉焦急的神情，始終關注著格子窗上的時鐘指針。

他就這樣在痛苦中煎熬著。等到他終於離開店鋪時，已經是斜陽夕照，將近五點了。怪事就是從那時開始發生的。他穿上夥計擺好的木屐，嗅著新刊書籍看板上散發出的未幹的油漆味，剛剛踏上柏油馬路，就有兩隻蝴蝶掠過新藏的草帽邊緣，是人們所說的鳳尾蝶吧。黑色的翅膀上泛著令人恐懼的青色光芒。當然，那時新藏並沒有感覺有什麼特別的。兩隻蝴蝶交錯著向夕陽西下的天空飛去。他不經意地抬頭望著它們，同時跳上了開往上野的電車。

在須田町換車到國技館下車時，又有兩隻黑色鳳尾蝶擦過他的草帽。因為他不曾想過這兩隻蝴蝶是從日本橋一直追到這裡的，所以仍然不放在心上。因為離約好的時間還有段距離，他拐進了第一條巷子，找到了一家略顯乾淨整潔的蕎麥麵館就鑽了進去，那家店的招牌上寫著「藪」字，他坐下來邊吃邊做準備。原本因為今天是要好好表現一下的，所以他滴酒未沾。只是他突然感覺胸口很悶，就啜一口涼麥茶緩解一下。

街上已經暗下來，像是要避人耳目一樣，他悄無聲息地掀開簾子走出去。走到外面後，一對鳳尾蝶好像跟蹤他而來一樣，猛地飛到新藏的鼻前，讓他驚訝不已，黑絲絨般的翅膀上佈滿了青色的螢光粉。也許是他多心了吧，在頭頂振翅的蝴蝶似乎將傍晚清冷的空氣分隔成烏鴉般的形狀。新藏震驚地停

18. 回向院位於日本東京都墨田區東兩國。又稱國豐山無緣寺。屬於日本之淨土宗。日本明曆三年（1657），江戶大火，罹難者多達十萬七千餘人，為安葬死者，幕府乃建造此寺，供奉阿彌陀佛，以念佛超度之。江戶末期，始辦角力練習會，後遂發展為「國技角力館」。

下腳步，看著蝴蝶交錯著飛遠，變得越來越小，慢慢融進夜色之中。面對一再出現的詭異蝴蝶，新藏也不由得膽怯起來，繼續站在這險惡的石河岸的話，搞不好自己也可能會投河自盡。但是，要擔心的不止這一點，今夜前來相會的阿敏才更令他牽掛。新藏重振精神，從黃昏時分人影綽綽如蝙蝠翩然飛過的回向院[18]前走過，目不斜視地直奔約定的地點。就在此時，同樣的事情再次發生，在河岸邊被陰影覆蓋的石獅子上方，兩隻蝴蝶泛著青色磷光的翅膀交互扇動著，轉瞬間便乘著風消失於光線昏暗的電線杆盡頭。

因為看到這一幕，新藏在石河岸前徘徊著等待阿敏時，心裡也覺得不是滋味。他重新把草帽扶正，還不時地查看掩在袖子裡的懷錶，這不到一小時的光景，竟比在賬房格子窗後的時間還要漫長難耐。他等了又等，也沒有見到阿敏的身影。不知不覺間，他離開了石河岸，往阿島婆家的方向走去。右邊四五十米開外的地方有一間公共浴池，掛著一幅仿唐風的塗漆招牌，上面畫著巨大的桃子，寫著「包治百病桃葉湯」的廣告。阿敏藉口去洗澡的那個浴池就是這裡吧。新藏這麼想著，剛好看到女子浴池的門簾被掀開，向昏暗的街上走來的正是阿敏。她的穿著與上次見面時完全一樣，點綴著粉色撫子花的腰帶、藍底白色花紋的單衣，只是今晚因為沐浴過的關係，阿敏的臉色愈發紅潤美麗，銀杏葉髮髻邊的鬢角還濕潤著，梳理過的痕跡清晰可見。她把浴巾和皂盒捧在胸前，似乎在畏懼著什麼，不斷地左右張望著。不過，她立刻就看見新藏了，憂慮的眼神中微微透出笑意，輕移蓮步走到新藏身邊說道：「讓您久等了。」「沒有，沒等多久，倒是你出來一趟不容易吧。」新藏回答道，和阿敏一起往石河岸方向緩緩移步。阿敏依然放心不下的樣子，頻頻回顧。「怎麼了？好像被人跟蹤似的。」新藏故意開玩笑道。阿敏忽然紅了臉，「你看我，還沒來得及感謝您的大駕光臨呢——您能來我真是太感激了！」她回答的語氣中依然帶著不安。這下子，新藏也跟著忐忑起來，在前往石河岸的路上，他仔細詢問著原委，可阿敏只是苦笑著說：「在這樣的地方被發現的話，不止是我，就連您也會碰到想像不到的可怕事情。」就這樣，兩人來到了石河岸前約定的地方。

當阿敏看到微暗天色裡隱在陰影中的石獅子時，終於安心地長吐一口氣。她悠然地向下走到河邊，那裡橫著許多從船上卸下來的根府川石料。阿敏走到那裡，終於站定。新藏戰戰兢兢地從後面跟上，走到石獅子的陰影處。也許是因為避開了來往行人的目光，他不再顧忌，坐到被傍晚露水打濕的根府川石料上，追問著剛才提到的事情：「性命攸關，會遭遇不幸，這都是怎麼回事？」阿敏注視了一會兒浸潤著黑色石堤的豎川河水，口中還默默地念念有詞。然後，她終於回頭望向新藏，第一次露出喜悅的微笑，輕聲細語道：「到這裡就已經沒問題了。」新藏彷彿是被狐狸蠱惑了一般，沉默地回望著阿敏。而阿敏在新藏身邊坐下，斷斷續續地細聲敘述著，如果兩個人會面的時間和場合不對，會遭遇可怕的敵人，恐性命難保。

原來那個阿島婆並非如人們所想是阿敏的母親，實際上她是阿敏的姨媽。阿敏的雙親生前與阿島婆毫無往來。據阿敏那世代做神社木工的父親說：「那婆娘根本不是人，你要是以為我在說謊，自己去看看她的肋骨，上面長著魚鱗呢。」而且若是在街上碰到阿島婆，父親也會立刻點起火種驅魔，或是撒鹽驅邪。只是她父親死後不久，阿敏母親的侄女，也是阿敏的幼年玩伴，一個體弱多病的女孩兒成了阿島婆的養女。自然而然地，阿敏家和阿島婆家也就有了親戚間的來往。只是不過一兩年光景，阿敏的母親也過世了。阿敏連個可以依靠的兄弟也沒有，不過百日，就開始到新藏在日本橋的家中做事了。然後，她也就與阿島婆斷絕了來往。而她後來為何又到了阿島婆家，後文會詳細敘述的。

至於阿島婆的身世，過世的父親或許有所耳聞，但是阿敏卻一無所知，只是從母親還有別人那裡聽說她曾經做過降神巫女。就阿敏所知，阿島婆侍奉的是婆娑羅大神，並借助其神力來占卜和加持。而這個婆娑羅大神，也和阿島婆一樣來歷不明。有人說是天狗或是狐狸所變的。不過在阿敏看來，她的守護神是天滿神宮的大神，一定是和龍宮有關的，因此每天淩晨兩點時，阿島婆必定會爬下後院的梯子，將身子浸入豎川中，直沒過頭頂待半個時辰。若是現在這般溫度適宜的天氣也就罷了，只是連寒冬臘月或是落雨繽紛時節，她也只穿一層單衣，如人面水獺般潛入水中。阿敏也曾擔心地單手持燈打開防雨窗，向著河川探出身子窺探，卻只看到對岸連綿屋頂上的積雪，以及河面上阿島婆梳著切髮的頭頂，浮巢般漂在黝黑的水面上。既然做出這樣的犧牲，阿島婆的加持和占卜相應地都非常靈驗。不過也並非全是加持占卜之類的事務，拿人錢財之後，咒殺親戚父兄的事情也有很多。就連昨晚在石河岸投河的男子，也是因為受同時愛上柳橋藝妓的某米店老闆所托，由阿島婆咒殺的。然而，不知何故，只要是在一個人被咒殺的地方，好比這個石河岸，就算是有阿島婆的加持祈禱，咒語也無法再起效。不僅如此，阿島婆的千里眼也無法看到這樣的地方，因此阿敏才會特意將新藏約到這樣的地方。

而阿島婆為何要對阿敏和新藏的戀情多加阻撓，是因為今春一個證券商曾來掐指算命，他被阿敏的美色俘獲，花重金向阿島婆下聘要娶阿敏為妾。

若只是這樣，只要再多花些錢也就可以解決了。其中還有另一個不可思議的原因：離開了阿敏，阿島婆就做不了加持或占卜，也就是說，阿島婆接下一椿請神邀約，首先要借阿敏的身體降神，然後經由阿敏的口傳達神諭。若是阿島婆自己降神，在那夢幻與現實的恍惚境界中，從那個超自然的世界傳遞過來的消息會在清醒後忘個一乾二淨。因此只能由阿敏請神，然後傳達神諭。由此一來，要阿島婆放了阿敏從一開始就是不可能的。而那個證券商也有自己的算盤，他一旦娶了阿敏為妾，阿島婆勢必會跟著阿敏一起嫁進他家。如此一來，就可以讓阿島婆占卜股市的變化，從而富甲天下，財色兼收。

但是，在阿敏看來，雖然一切都是自己在夢境中所述，但是阿島婆的胡作非為卻都是遵照自己的命令列事的。若是良心喪失也就可以故作不知，但是這樣被人當槍使卻令她莫名恐懼。前面也說過，阿島婆曾有過一個養女，也是被其利用作降神的工具，只是久病纏身，加上日夜受良心譴責，聽說在阿島婆睡覺時，那女孩自己上吊自殺了。阿敏從新藏家告假，就是這個養女身亡的時候，可憐的姑娘給童年玩伴阿敏寄了一封信。正是因為這封信，讓阿島婆動了由阿敏接替養女的心思。她趁機讓阿敏過來，還恐嚇阿敏說若是跑回主人家就要殺了她。阿敏與新藏約好私奔的那晚，她也是做了出逃的打算的，只是阿島婆也煞費苦心，阿敏每次望向格子窗，都會看到一條大蛇盤踞著，她最終也沒法鼓足勇氣踏出房門。後來，她也曾多次試圖借機逃走，但都被類似的詭異現象阻攔，無法得償所願。因此這段時間她只能無奈地認命，哭泣著遵從阿島婆的命令。

自打新藏造訪後，阿島婆對於兩人的關係一望即知，她平日裡就慘無人道，此番對阿敏更是變本加厲。不但時常打罵，到了晚上更是使出妖法，將阿敏的兩隻手腕懸空吊起，又令一條蛇盤在她的頸項上，做出種種駭人聽聞的可怖事情。更加讓人難以忍受的是，在折磨的間隙，阿島婆還陰險地笑著恐嚇道：若是這樣還不死心，就算是要了新藏的命，她也不會把阿敏交出去的。這麼一來，阿敏才死了心、絕了念。現如今，她抱著世間諸事皆為宿命的覺悟，又擔憂著萬一給新藏惹禍上身可不得了，將這一切對新藏娓娓道來。新藏聽完事情始末，對造成這些恐怖事件的阿島婆既厭惡又鄙視，也感受到阿敏在排除萬難跑到阿泰家之前，是怎樣的迷茫和彷徨。

阿敏說完，抬起一如既往的蒼白臉龐，凝視著新藏的眼睛道：「阿敏命該如此，無論多麼悲傷也無能為力，就當作你我素不相識，各奔東西吧。」阿敏終於無法忍受，趴在新藏膝頭咬著袖口哽咽出聲。一籌莫展的新藏只能久久地拍撫著阿敏的後背，又是呵斥阿島婆又是激勵阿敏，只是面對阿島婆這樣的對手，該如何才能讓兩人的戀情平安無事地順利發展呢？他不得不遺憾地承認，自己根本毫無勝算。但是，此時哪怕是為了阿敏也不能示弱，他只能勉強振奮精神出言相勸：「你這是說什麼話，不要有那種無謂的擔心，假以時日，自會見分曉的。」阿敏一時間被新藏安撫鼓舞，也終於止住了眼淚，從他膝頭直起身來，用還帶著哭腔的聲音說道：「若是時日久了，或許還有法可想，只是後天夜裡阿島婆又要降神。如果那時我在恍惚中說走了嘴——」

她無助地說著。這麼一來，新藏也泄了氣，原本打起的精神這下子全化作了沮喪。後天！要如何在這兩天中想出辦法，不然別說是自己，就連阿敏也會陷入不幸的深淵。但是，僅僅兩天的時間裡，要如何制服阿島婆呢？就算是報警，這種幽冥境界裡犯下的罪行，法律也力所不及啊。而且，社會輿論也把阿島婆這類惡事看作是迷信，根本毫不關心。新藏思及此處，只能徒然雙手抱胸，無能為力。

這痛苦的沉默持續了一段時間後，阿敏抬起含淚的雙眼，眺望著暮色裡的點點星光，「我真想一死了之。」她啜泣地低語著，隨即像被什麼驚嚇到似的，畏懼地四下張望著。最後她筋疲力盡地說：「太晚回去的話，又會被阿島婆訓斥的，我還是回去吧。」誠然，他們兩人來到此處已經過了三十分鐘，夜潮的氣味籠罩著兩人周身，對面河岸的柴堆和旗下繫著的烏篷船也隱匿於蒼茫夜色間，只有豎川河水如大魚翻肚一般，泛著點點白浪。新藏摟著阿敏的肩膀，溫柔地親吻著她：「無論如何，明天傍晚再到這裡來一趟，在此之前，我會盡力想出辦法的。」這也是拼命在給他自己鼓勁。阿敏用浴巾擦去了臉上的淚痕，無言又痛苦地點了點頭，然後默默地從石料上站起身，跟同樣萎靡的新藏一起走過陰影籠罩下的石獅子，來到冷清的街道上。她不由得再次流下眼淚，露出即使在夜晚看來也分外美麗的頸項，痛苦地低下頭去。「啊！我真不如死了算了。」她又一次這樣說著。就在此時，剛才兩隻黑蝴蝶消失的電線杆根部，突然浮現出一隻巨大的眼睛。沒有睫毛的眼睛彷彿被青色的薄膜覆蓋著，瞳孔一片混濁，似曾相識。這眼睛足有三尺大，最初如水泡般浮現，後來離地少許漂浮在空中，煤灰色的眼瞳突然瞟向一側。更加不可思議的是，那只巨大的眼睛融入了街道流動的暮色中，朦朧莫辨卻又難掩禍心。新藏下意識地握緊拳頭，掩護著阿敏，抱著必死的信念緊盯著這一幻象。其實那時候，他渾身的汗毛都像是被陰風吹過，背脊發涼，連呼吸都好像要停滯一般。無論他多想出聲，舌頭卻動彈不得。所幸的是，那只眼睛雖然也在拼命做出憎惡的表情，並且一直盯著新藏，不過最終，眼皮還是如貝殼般閉了起來，輪廓也漸漸模糊了。最後只留下電線杆，那怪物卻遍尋不見了，只看見類似黑色鳳尾蝶——當時看來又像是掠過地面的蝙蝠的生物飄忽忽地飛舞著。之後，新藏和阿敏彷彿是噩夢初醒，驚恐失色地對望著，從彼此的眼神中都能看出恐懼和決心赴死之意。兩人不由自主地緊握雙手，渾身不住地顫抖著。

又過了三十分鐘，新藏神色依舊慌張地坐在通風良好的里間，向對面的阿泰小聲道出今晚遭遇的種種奇妙事件。兩隻黑蝴蝶的事、阿島婆的秘密，以及巨大的眼睛——這一切在現代青年看來都是荒誕無稽的事情，好在阿泰也曾領教過婆婆的古怪能力，也就未見懷疑。他一邊端出冰淇淋，一邊屏息凝神地傾聽。「那只巨眼消失的時候，阿敏臉色蒼白地說：『怎麼辦，婆婆已經知道我倆在這裡相會的事情了。』我只能虛張聲勢地說：『事到如今，我和那婆娘之間早已開戰，知道與否都不礙事。』不過，就像剛才所說的，我明天也約了阿敏在石河岸邊見面，可今夜的會面被那個婆婆發現，恐怕她明天不會放阿敏出門。要從那個婆婆的魔爪下解救出阿敏，就一定要在今明兩天想出對策。明晚要是見不到阿敏，一切計畫都得泡湯了。現在看來，已經是連神佛都愛莫能助了。別過阿敏來這裡的路上，我簡直足不沾地地飄過來一樣啊。」新藏說明了原委，一邊回憶著什麼似的搖著團扇，一邊擔憂地偷看阿泰。不過阿泰意外地並不驚慌，先是看著屋簷上掛的吊蘭被風吹得直打轉，轉而將目光移向新藏，然後微微蹙眉，用充滿自信的口吻說道：「也就是說你要達成目的，必須度過三重難關。第一，你必須從阿島婆手中安全地解救出阿敏。第二，後天之前必須實行這個計畫。而為了實行計畫，要在明天和阿敏會面，這也就是第三個難關了。而在第一和第二道難關解決後，第三個難關即可迎刃而解。」新藏臉上又浮現出詢問的神情：「此話怎講？」阿泰帶著沉著得讓人惱火的神情，說道：「莫問緣由了，你要是見不到阿敏的話——」他突然話鋒一轉，「以防萬一，先對你保密。從你剛才的話來看，那個婆婆早已在你身邊布下了天羅地網，還是謹慎行事為妙。第一、二道難闘看似難解，不過嘛——萬事包在我身上，今晚多喝點，酒壯英雄膽！」最後他露出輕鬆的微笑。新藏自然覺得有些氣憤，但是幾杯酒下肚，又覺得阿泰的話也有幾分道理。

於是，兩人閒聊起坊間閒話來。阿泰不經意間注意到一碟熏魚旁的酒杯中，黑麥啤酒的泡沫已經散掉了，卻還滿滿的，一口都沒動過。於是，阿泰握著沾著水汽的啤酒瓶，催促著：「來，爽快點乾一杯！」新藏也沒多想，接過酒杯，準備一飲而盡，這時卻看到直徑兩寸的杯口，滿盈的黑啤酒表面映照出屋頂的電燈和後面的葦簾窗，轉瞬間，竟映出了一張素未謀面的臉。更確切地說，那不是素未謀面，而是根本就不能稱之為人類的臉。在他看來，那是一張既像鳥，又像獸，甚至可以說是蛇和青蛙的臉。更有甚者，那張臉的某一部分，特別是從眼睛到鼻子的地方，彷彿正越過新藏的肩膀，窺探著杯中一般。那張臉遮擋了燈光，將影子清晰地投射於杯中。彷彿過了很久，又彷彿轉瞬即逝，前文曾提到的那只莫名其妙的眼睛，從直徑兩寸的黑啤酒杯面裡，窺望了新藏一眼，然後倏地消失了。新藏放下端到嘴邊的酒杯，惶惶地前後巡視著。電燈依然明亮，屋簷處的吊蘭依舊被風吹得打轉，清涼的里間絲毫不見隱含妖異的物件。「怎麼？有小蟲子飛進去嗎？」被阿泰這麼一問，新藏無奈地抹掉額頭的冷汗，有些不好意思地答道：「沒什麼，我剛剛看到酒杯中倒映出一張奇怪的臉。」阿泰聽完，一邊重複著：「奇怪的臉？」一邊朝新藏的杯口望去，可是現在除了阿泰的臉之外，裡面再也沒有其他的臉映出。「是你多心了吧，難道說那個婆婆的魔爪還會伸到我這裡不成？」「可是你剛才不也說，我身邊早已被婆婆布下天羅地網了。」「那只是誇張的說法啊，總不能說，這啤酒杯被婆婆伸著舌頭偷喝過一口吧。就算那樣也無妨，乾杯！」阿泰這麼說著，想要重新鼓動起消沉下去的氣氛，只是新藏卻越發沮喪，連那杯酒也沒有喝完，就準備告辭了。阿泰也沒有辦法，為了不讓新藏消沉下去，一再地好言勸說，又說乘坐電車讓人不放心，特意叫了人力車。

那晚，新藏就連做夢也一徑是詭異的夢境。他幾次驚醒，終於到了早上。

為了昨晚的叨擾，新藏匆匆往阿泰的住所致電道謝，只是接電話的卻是阿泰店裡的管家。他寒暄著：「主人今天很早就出門了。」新藏心想，該不會是去了阿島婆家吧。可是他想要打探又不好明說，再說了，這種事旁人又怎麼會知道呢？於是，他只得仔細叮囑管家，待阿泰回來後一定通報一聲，便暫且掛斷了電話。

臨近中午時，他才接到阿泰打來的電話。果不其然，阿泰一大早就去了阿島婆家裡，說是去請阿島婆看房產的風水。「所幸與阿敏見面了，我將計畫寫在信裡遞過去了。至於回信要等到明天了，此事非同尋常，阿敏也會配合的。」聽到阿泰這麼說，新藏覺得彷彿好運氣一下子回來了，更想知道計畫的詳情了。「你到底是怎麼計畫的？」他問道。阿泰卻一如昨晚，就算在電話中彷彿也能感覺到他狡猾的笑容。「這個嘛，再等個兩三天吧，對手是那個降神婆婆，就算在電話中也不能大意。總之，我會再打給你的，再見。」他這麼說道。新藏掛斷了電話，一如往常地坐在帳房的格子窗後，尋思著自己和阿敏的命運就看這兩天了，說不上是擔憂還是興奮，只覺得激動難耐，連帳目和算盤也推到一邊去了。於是，他藉口燒還未退，從中午起就在二樓的起居室裡睡下了。只是這期間，他一直覺得自己的一舉一動都被人注視著，因而坐臥難安。該說他是庸人自擾嗎？可是午後三點時，確實有人在二樓的樓梯口蹲伏著，那視線越過葦簾窗，投向這邊。他一躍而起，追出去查看，但只看見擦得鋥亮的地板上隱隱倒映出窗外的藍天，哪裡看得到什麼人影。

就這樣到了第二天，新藏愈發著急，琢磨著阿泰的電話就要打過來了吧。好不容易等到和昨天差不多的時候，果然電話鈴如約而至。電話中，阿泰用比昨天更加振奮的語氣說：「真不容易啊，阿敏回信了，一切按照我的計畫進行，什麼？你問我怎麼得到回信的？當然還是我親自出馬，謊稱有事到阿島婆家去咯。昨天的信裡都約好了，今天阿敏來應門，麻利地把回信給我了。真是可愛的回信呢，用平假名寫著『遵命』。」阿泰的語氣裡透著得意。不過奇怪的是，在今天的交談中，不只有阿泰的聲音，似乎還夾雜著另一個人的聲音。要說這個聲音在說些什麼，卻模糊不可聞，只是與阿泰的聲音正好相反，帶著鼻音，有氣無力，上氣不接下氣的，恰好夾在阿泰話語的間隙中，彷彿陰陽兩界的聲音同時順著聽筒傳過來。起初新藏以為是串線了，不甚在意，只是一徑催促著：「然後呢？然後呢？」他太想知道朝思暮想的阿敏的消息了。期間，阿泰也聽到了這個奇怪的聲音。「怎麼這麼吵，是你那邊的聲音嗎？」他問道。「不是我，大概是串線了吧。」新藏回答道。阿泰輕描淡寫地說：「那就先掛掉重播一次吧。」他們一而再、再而三地埋怨著接線員，不斷執著地重播，然而那個好像蛤蟆哼哼唧唧的聲音總是回蕩在耳邊。阿泰繼續著剛才的話題，無奈地說：「沒辦法了，大概是哪裡出故障了。不過，言歸正傳，現在阿敏也已經遵命行事了，一切按計劃進行，你就放心等信吧。」新藏也很關注阿泰的計畫，像昨日那樣追問著：「到底是怎麼計畫的？」阿泰和往常一樣半開著玩笑地說道：「再堅持一天，明天這個時候，一定告訴你。你也不要那麼心急了，船到橋頭自然直，你就靜候佳音吧。」阿泰的話音未落，耳邊突然傳來另一個含混的聲音：「別白費力氣了。」很明顯語帶嘲諷。阿泰和新藏不由得同時問道：「怎麼回事，誰在說話？」可是聽筒中再也沒有那個悶聲悶氣的鼻音了。「這可不行，剛剛的聲音你也聽到了，是那個降神婆婆！弄不好計畫也要失敗——唉，一切全看明天了。就先說到這吧。」阿泰這麼說著掛斷了電話，明顯能聽出他聲音裡的狼狽。若是那個阿島婆真能操控兩人的電話，不用說，阿泰和阿敏之間秘密的書信往來，肯定已經被她看在眼裡了。阿泰心慌意亂也是因為這個。對新藏而言，雖然他還被蒙在鼓裡，但是阿泰那無可替代的計畫要是被阿島婆揭穿了，那可就萬事皆休了。因此新藏一放下話筒，彷彿也沒了主意，呆呆地走到二樓的起居室，一直到日落時分，始終眺望著窗外的藍天。也不知是心理作用還是什麼，天空中不時有數十隻瘆人的黑色鳳尾蝶聚集成群，描繪出不祥的泡泡紗紋樣。只是新藏心力交瘁，對這詭異的景象竟也毫無察覺了。

那一晚，新藏依舊噩夢連連，甚至失眠起來。天色剛剛亮，他就又緊張起來，食不知味地用過早餐，匆忙撥通了阿泰家的電話。「搞什麼，還早得很呢，對我這樣從不早起的人，這個時候打來電話也太殘忍了。」阿泰的聲音還透著濃濃的睡意。只是面對阿泰的申訴，新藏卻毫不理會。「昨天放下電話，我在家裡就坐立難安，我這就去你家，只在電話裡聽你說話根本難消我心頭的焦慮。好了，我這就過去了。」他如孩子一般不依不饒地說道。聽到他這樣亢奮，阿泰也別無他法，於是道：「那就來吧，我等著你。」新藏掛斷電話，只板著臉看了一眼神色擔憂的母親，沒有說明去向就衝出店去。

出門一看，天空中烏雲密佈，東方的雲團隱現出赤銅色的光芒。雖然天氣格外悶熱，但此時新藏已經顧不了那麼多了，快速跳上電車。所幸的是，電車很空。他坐到中間的位置，原已消除的疲勞感又卷土重來。此時他更加消沉了，彷彿頭頂的草帽壓迫著頭顱一般，一陣劇烈的頭痛襲來。為了分散注意力，他將一直盯著木屐頂端的目光轉向鄰座，卻發現就連電車中也有奇特的事情。吊環從車頂的兩側垂下來，都隨著電車的搖晃如同鐘擺般地搖盪著。只有新藏面前的吊環，始終固定在一處，紋絲不動。最初他還覺得有點可笑，細想之下，一種被人注視的不祥感油然而升。這不祥感愈演愈烈，就連繼續坐在這吊環之下也變得困難起來。於是，他移坐到對面角落的空位上。可是猛地向上看去，原本還在搖晃的吊環突然停止了擺動，剛才的那只吊環則取而代之，喜獲自由，重新開始搖晃。這種怪事雖然已屢見不鮮，但新藏還是被足以讓人遺忘頭痛的恐懼俘獲，用求救的目光掃視著乘客們的臉。斜對面坐著一位切發賦閑的老婆婆，她的目光越過黑色披風的領口，透過金邊眼鏡回望著新藏的方向。那人和降神婆婆自然是毫無關係，只是視線交會之際，新藏不由得猛然想起了阿島婆那青腫的臉色。於是，他倉皇失措地把車票塞給乘務員，從電車上跳下去，動作比行竊失手的小偷還要迅速。可是因為電車還在行進中，巨大的衝力讓他腳一落地，草帽就被吹走了，木屐的鞋帶也斷了。他向前摔倒，膝蓋也蹭掉了皮。要是起身再晚一點，他就要被揚著塵土、來路不明的貨車碾在輪下了。新藏滿身是泥，又被迎頭噴了一臉的尾氣。他注視著那輛橫衝直撞的黃色貨車，車尾處有黑色蝴蝶紋樣的商標，他不由得佩服起自己身懷絕技、大難不死的敏捷。

這一切發生在鞍掛橋站前的四五百米處。剛巧有一輛人力車通過，新藏上了車，臉上惶惶毫無血色，匆匆往東兩國趕去。一路上他依舊心有餘悸，膝頭的傷口也隱隱作痛。再加上剛剛的騷動，他又擔心起不知何時連這人力車也會翻倒過來，心生陣陣不安，像是被人掐住喉嚨一般。特別是車子通過兩國橋時，國技館上空籠罩著層層鑲著銀邊的烏雲，遼闊的河面上可以看到成群的、如同蝶翼的帆影。新藏覺得自己和阿敏已經面臨生離死別，胸中悲壯激烈，淚水也不由得湧出來。當車子過了橋、終於在阿泰家門口落下車把時，新藏已經判斷不出自己是悲是喜，只是向著氣喘吁吁、一臉詫異的車夫手裡毫不吝嗇地塞了一把鈔票，就倉皇地鑽進了店前的門簾內。

阿泰一看到新藏，按照慣例，連忙引著他往裡間走去。當他注意到新藏手腳上的傷痕和破爛的外褂時，驚訝地問道：「怎麼回事？怎麼搞成這個樣子？」「我從電車上跳下來時，在鞍掛橋那裡跌倒了。」「又不是鄉下人沒見過世面，怎麼這麼笨手笨腳的？再說了，你在那個地方下車做什麼？」於是，新藏就把電車中不可思議的遭遇一一講給阿泰聽。阿泰關心地追問著事件的始末，聽完後皺著眉頭自言自語道：「形勢不妙啊。我想，可能是阿敏出了岔子。」新藏聽到阿敏的名字，一陣心驚肉跳，追問著：「你說出岔子是怎麼回事？你究竟讓阿敏做什麼了？」可阿泰並沒有回答他的問題。「事已至此，我也難辭其咎。要是我沒有在電話裡說出我給阿敏遞信的事，那個婆婆一定不會發現我的計畫。」他悔不當初地歎息道。新藏更加焦急難耐，用顫抖的聲音埋怨道：「你到現在也不肯告訴我你的計畫，這不是太殘忍了嗎？我現在真是飽受雙重折磨。」但阿泰卻擺手阻止他，「好了，這重重磨難我事先也都清楚，對手是那個婆婆，你也要體諒我一下。像我剛才所說，如果我把給阿敏傳信的事情對你保密的話，興許一切都會順順當當的，鴻運當頭也未可知。不管怎樣，你的一言一行都被那個婆婆看透了，說起來，搞不好昨天通過電話之後，連我也被婆婆盯上了呢。只是事已至此，我還沒有遭遇像你這樣詭異的事件，究竟我的計畫是否失敗了還未可知。就算你會埋怨我，我也不會再向你透露半句了。」阿泰曉之以理，動之以情地說道。但是新藏哪裡聽得進去，雖然他也覺得阿泰說的有道理，但是又怎麼能不擔憂阿敏的安危。他的眉宇間仍殘留著幾分急切，「就算這樣，你能保證阿敏安然無恙嗎？」他直接地問道，阿泰眼神中也流露著擔憂，只回了一句：「這個……」就陷入了長時間的沉默。過了一陣子，他瞄了一眼旁邊的座鐘，下定決心似的說道：「我也很擔心，哪怕不去老太婆家，到那附近查看一下也好。」在漫長的等待中，新藏也是坐臥不寧的，聽到這個自然是正中下懷。於是兩人一拍即合，不到五分鐘，就已經披著單衲並肩走出了門。

不過，離開阿泰家後，走了還不到五十米遠，從身後就傳來了吧嗒吧嗒的腳步聲。兩人同時回頭望去，倒也沒有什麼奇怪的。只是阿泰店裡的一個小夥計，扛著一把蛇眼傘急匆匆地追到主人身後。「送傘來了？」「是的，管家說恐怕是要下雨，讓您帶著傘。」「那怎麼不給客人也拿一把？」阿泰苦笑著接過了雨傘，小夥計憨厚地撓撓頭，不太講究地鞠了一躬，隨後生龍活虎地奔回店裡去了。這麼一說，頭頂果然是一片烏雲罩頂。雲層中透出的天光，好像打磨過的鋼筋一樣，透著不詳的冰冷感覺。新藏和阿泰一起走著，一邊眺望天空，一邊感到被不詳之氣籠罩，話自然而然地少了，埋頭只顧著加快腳步。不過，阿泰一直落在後面，始終一路小跑著，不時略帶慌張地抹一把汗。最後，他索性放棄了追趕，讓新藏先走一步，自己則提著雨傘跟在後面。他在後面用同情的目光看著友人的背影，慢慢地踱著步。兩人在一橋處左拐，到達阿敏和新藏看見巨眼幻象的石河岸前時，從後面過來了一輛人力車，貼著阿泰擦過去。等阿泰看清車上的乘客之後，突然眉頭一皺。「喂！喂！」他高聲把新藏叫住。新藏只得停下腳步，不情願地回頭看向他，厭煩地應著：「幹什麼？」阿泰快步急追上去。「你看見剛剛乘車過去的那個人了嗎？」他突兀地問道。「看到啦，戴著黑框眼鏡的瘦男人。」新藏一邊狐疑地回答，一邊再次邁步。阿泰越發口無遮攔，說出了讓人意外的話語：「你知道嗎？那個人是我家的貴客，是個叫作鍵惣的證券商。我估摸著，要娶阿敏為妾的就是那個男人。我也不曉得為什麼，就是有這樣的預感。」新藏悶悶不樂地扔下一句：「是你多心了吧。」然後，他看也不看桃葉湯的招牌，大步走了過去。阿泰用雨傘指著兩人前行的方向：「那也未必，你看，那人力車不正停在阿島婆家門口嗎？」他一邊說著，一邊得意地看著新藏。

果然，從剛才起，那人力車就停在那渴雨的垂柳枝條底下，印著金徽的車尾正對著這邊。車夫在踏板前坐著，卸了車悠閒地小憩著。看到這一幕，新藏波瀾不興的臉上才浮現出些許熱切，只是即便如此，他的語調也一如剛才般漫不經心。「就算這樣，你要知道，來找那個老太婆算命的證券商也不止鍵惣一人啊。」他不耐煩地說道，這時他已經走到了阿島婆家隔壁的泥瓦匠鋪前。阿泰不再爭辯，一邊警惕著四周，一邊像要保護新藏似的，與他肩並肩緩緩走過阿島婆家門前。同時，兩人還用餘光偷偷打探著周圍環境。除了鏈惣來時坐的那輛人力車，四周基本上沒有什麼變化。和剛才遠遠張望相比，現在那輛車已經是近在眼前。車輪剛好停在泥瓦匠鋪的下水道前，留下粗粗的橡膠車輪轍痕。車夫把蝙蝠牌香煙夾在耳後讀著報紙。拋開這些，無論是竹格子窗，或是入口處煤灰色的拉門，甚至是未換過葦簾的木格門裡陳舊隔扇的顏色，所有的一切都不曾有絲毫變化。連室內也和平常一樣，瀰漫著一種陰森森的幽靜。兩人本是心存僥倖想來看一眼阿敏的身姿，卻連藍底白花的袖口都不曾看到。於是兩人只得經過阿島婆家門口，往相鄰的雜貨鋪走去。雖然一直以來內心的緊張稍有緩解，但因為希望落空，兩人不由得感到分外沮喪。

說話間，兩人已經來到了雜貨鋪前，除了擺著淺草紙、龜背梳、洗頭粉之外，鋪裡還掛著一大串寫著「蚊香」字樣的大紅燈籠。有個女孩正駐足店前跟雜貨鋪老闆娘說話，那不就是阿敏嗎？兩人不約而同地對望一眼，一秒都不願多等，撩起外褂的下擺就堂而皇之地進了雜貨鋪。阿敏察覺到了動靜，轉向兩人，眼看著蒼白的臉頰浮現出羞色，可是當著雜貨鋪老闆娘的面，又不得不掩飾一下。她故意紋絲不動，店前的柳條依然垂在她的肩頭，同時，生生按捺住溢滿胸懷的激動心情，只發出「啊」的一聲輕呼。於是，阿泰也故作從容地抬手輕碰帽檐，不動聲色地搭話道：「令堂在家嗎？」「是的，在家。」「那你怎麼跑出來了？」「我來買客人要的白紙——」阿敏話音未落，垂柳掩映下的店門口突然暗下來，一束雨絲閃著冰冷的白光，斜斜地擦過寫有「蚊香」字樣的大紅燈籠。同時，響起一道撼動柳葉的雷鳴。阿泰借機踏出店外，「請轉告令堂一聲，就說我還有事要請她算算——剛才我在門前招呼了好幾次，都不見有回音，還以為是怎麼回事，原來是有重要人物在這裡偷懶耍滑啊。」阿泰一邊說著，一邊用手指指阿敏和雜貨店老闆，笑得格外活潑。在阿泰這般巧妙的演技之下，對內情一無所知的雜貨店老闆娘自然是絕無可能看穿真相的，她忙催促道：「好了，阿敏，你快早點回去吧。」然後趕忙收回燈籠，以免被雨淋壞了。阿敏留下一句寒暄：「那麼大嬸，我們回見吧。」便夾在阿泰和新藏中間走出了雜貨店。不過，三人都沒有在阿島婆家門口駐足，只是用雨傘遮擋著點點散落的大顆雨滴，往一橋的方向急奔而去。實際上只過了短短的幾分鐘，但不要說兩位當事人，就連平日裡精氣十足的阿泰也彷彿在跟命運拔河一樣，感到已經到了決定勝負的關鍵時刻。在走到石河岸邊之前，三人都彷彿約好一般低垂著眼簾，渾然不顧驟然而至的傾盆大雨，只是沉默地邁動著腳步。

不久，三人來到了花崗岩獅子的對面。阿泰終於仰起臉，對另兩人說道：「到這裡就安全了，先到裡面躲躲雨，稍事休息吧。」於是，三人同撐著一把傘，躲避著雨水，穿過堆積的石料，鑽進石河岸一角搭建的蘆葦窩棚中。這裡平時是切割石料的加工廠棚。此時雨下得更猛了，連豎川的對岸也無從分辨，四周被雨水激起白茫茫的一片。只靠這一間蘆葦窩棚，根本無法阻擋漏進來的雨水。不僅如此，如霧氣般的雨水，連同濕潤的土腥味一起從外面吹了進來。三人即使躲在窩棚裡，也得借助僅有的一把雨傘避雨。他們緊挨著，坐到看似門柱的雕刻花崗岩上。首先開口的是新藏：「阿敏，我以為再也見不到你了呢。」他說話之時，一道白色電光伴隨著撕裂雲團的雷鳴從雨中斜插下來，阿敏不禁將梳著銀杏葉髮髻的頭伏在膝上，許久都不敢妄動。她好不容易才抬起失了血色的臉龐，恍惚的視線落在屋外的雨簾，用不祥的語氣靜靜地說著：「我已經下定決心了。」聽到這話的一瞬間，殉情——這樣飄忽的字眼，彷彿是用磷火寫就的一般，在新藏的腦海中留下印記。阿泰坐在兩人中間，撐著巨大的雨傘，目光憂慮地看向左右的兩人。不過，他仍然打起精神說：「喂，你們要振作起來啊！阿敏也鼓起勇氣來！現在可是死神敲上門來的緊要關頭啊。話說回來，剛剛登門的客人是叫作鍵惣的投機商吧？我對他有些瞭解，說要娶你為妾的就是那個男人吧？」他很快將話題轉到實際問題上。然後，阿敏也如夢初醒般，用薄涼的眼神看著阿泰，沮喪地說道：「是的，就是那個人。」「你看，我說得沒錯吧。」阿泰得意地看向新藏。隨後他又恢復了認真的語氣，憐憫地對阿敏說：「看這雨勢，鍵惣至少會再逗留二三十分鐘吧。你先說說我的計畫怎麼樣了？若是事情敗露，男子漢大丈夫，粉身碎骨也在所不辭。我這就登門，去向鍵惣直接攤牌。」這話說得斬釘截鐵，新藏聽來也深受鼓舞。這時候，雷鳴聲更加劇烈了，雖然是白天，但雨幕無休無止如瀑布般傾瀉而下，其中夾雜的閃電的強光清晰可見。阿敏彷彿也忘卻了悲傷，準備背水一戰。她的容顏與其說是美豔，不如說是帶著幾分淒絕，紅豔的雙唇不停顫抖地說道：「一切計畫都被戳穿了，已經無能為力了。」她的聲音細微而空靈，說完之後，便站在雷雨交加的屋簷下，遺憾地歎息著，斷斷續續地講述起來。原來，阿泰那個仍然對新藏保密的計畫，已經在昨天夜裡突遭變故，徹底失敗了。

早在聽新藏說阿島婆通過阿敏的身體請神作法的事情時，阿泰就心生一計：打算讓阿敏假裝被神靈附體，好好教訓阿島婆一番。於是，就如前文所敘，以占卜為藉口去阿島婆家時，他就將寫好的書信交給了阿敏。阿敏雖然心知此計畫實施起來如履薄冰，十分艱難，只是一時間也想不出更好的方法化解眼前的災難，於是天一亮就把心一橫，寫了「遵命」的紙條作答。當晚十二點鐘，阿島婆照例到豎川河水裡淨身之後，便開始恭請婆娑羅大神附體。沒過多久，阿敏就發現要按照計畫行事根本是人力所不及的。要闡明其中原委，就一定要先說說阿島婆那不為人知的奇特法術。阿島婆為了請神附體，會命令阿敏只裹一條浴巾，並將其雙手反剪向上吊起，頭髮根根扯散，令其朝北跪坐在熄了燈的房間正中。而阿島婆自己也會赤身裸體，左手持一根蠟燭，右手拿一面神鏡，站在阿敏面前，口中念著神秘的咒語。她一邊不斷把鏡子戳向阿敏，一邊全神貫注地念著禱詞——只是這樣就足以讓普通女子驚慌失措了，而當阿島婆開始提高音量時，她還會豎起神鏡，緩緩朝阿敏逼近。直到將雙手受制的阿敏逼得整個身體只能匍匐在地面，還仍不甘休。阿敏倒在一旁之後，那老太婆就像食腐的爬蟲一般貼近過來，伏在阿敏胸口，勒令她長久地仰望微弱燭光下令人毛骨悚然的鏡中景象。於是那個婆娑羅神就會如沼澤底部反起的瘴氣般，潛入寂靜的黑暗中，依附在阿敏的身上。阿敏的目光漸漸變得呆滯，手足抽搐著，在老太婆連珠炮式的發問中，上氣不接下氣地道出天機。

昨晚，阿島婆也依照這個順序請神上身，而阿敏則聽從阿泰的囑咐，裝出失神的樣子，心下卻不敢大意，準備找尋機會，假借神諭勒令阿島婆不再阻撓她與新藏的戀情。面對阿島婆刨根挖底的逼問，她裝出神靈不予理會的樣子，決意不作回應。但是，當她在微弱的燭光下看著鏡中反射出微小卻耀眼的光芒時，無論她如何屏息凝神，仍不由得開始神志恍惚，漸漸開始迷失自我。而老太婆的咒語吟唱卻毫無間歇，她始終監視著阿敏的神色，令阿敏的目光片刻都無法從鏡面上移開。漸漸地，鏡面放射出更加奇特的光芒，彷彿要吸引住阿敏的視線一般，一寸一寸地，如厄運般邪惡地逼近阿敏。臉頰青腫的老太婆那不絕於耳的咒語聲，彷彿看不見的蛛網，從四面八方將阿敏的內心層層束縛住，將她拖入難以分辨夢境與現實的境地。不知過了多久——阿敏事後回想，也毫無印象——彷彿過了一整晚那麼久，阿敏的苦心終於落空，陷入了老太婆的圈套之中。在昏暗燭光的掩映下，大大小小的黑色蝴蝶畫出無數圓圈，忽地飛上了天空。而阿敏連眼前的神鏡也視若無睹，和往常一樣，如死人般沉沉睡去。

在雷鳴暴雨中，阿敏講完了事件的始末，連眼底唇邊的神情都彷彿在控訴一般。阿泰和新藏從一開始就專注傾聽著，此時不約而同地長籲一口氣，飛快地互換了個眼色。雖然早已抱有計劃失敗的覺悟，但仔細聽過後再看，現如今計畫都已落空，他們更加切身地感覺到無與倫比的深重絕望。兩人都啞口無言了許久，茫然聆聽著天崩地裂的暴雨聲。不過阿泰很快重振精神，面對由最初的興奮轉為抑郁的阿敏，語帶鼓勵地問道：「期間發生的事情難道你一點都不記得了嗎？」阿敏垂下眼簾回答道：「是啊，什麼也不記得了。」不過，她立刻又用哀訴的眼神不安地望向阿泰，幽怨地補充道：「等我好不容易恢復神志的時候，已經是天亮時分了。」同時，她飛快地以袖掩面，啜泣起來。到這時，外面的天氣依然不見放晴的跡象，雷聲像是隨時會落下來一般，頻繁地從頭頂轟鳴而過，電光也彷彿燃燒般的刺目，將窩棚裡照得雪亮。始終呆呆坐著的新藏突然想到什麼似的一躍而起，臉色大變，就要衝進狂風驟雨中，而且他手中不知何時緊握著一根碎石用的鋼釬。阿泰見狀將雨傘拋到一旁，從後面追趕上去，緊抱住新藏的肩膀將他按住。「喂！你瘋了嗎？」阿泰猛地一吼，想強行把新藏拽回來。新藏整個人都變了個樣，揚聲尖叫道：「放開我，事到如今，只有跟那個老太婆拼個你死我活了！」他發狂地叫嚷著。「別幹蠢事！今天鍵惣不是也來了嗎？還是由我出面——」「鍵惣算什麼東西！這種妄圖娶阿敏為妾的傢伙，豈會聽你的勸說。放開我！是朋友的話就放手！」「你連阿敏也不顧了嗎？你幹這種有勇無謀的傻事，讓阿敏怎麼辦？」兩人推搡著扭作一團，新藏感到阿泰勾在自己脖子上的手臂因為用力過猛而顫抖著，又看到阿敏的雙眸飽含淚水，蘊含無限悲傷，久久注視著他的面龐。在暴雨聲中，她用難以辨認的微弱聲音說道：「就讓我隨你一起奔赴黃泉吧。」喃喃聲傳入新藏耳中的同時，彷彿有一道落雷就打在他身側。伴隨著天崩地裂的霹靂聲，他的眼前綻放出一片紫色的火焰。新藏在戀人和友人的懷抱中昏沉沉地失去了意識。

此後不知過了多久，新藏終於從悠長的噩夢般的昏睡中甦醒過來。他發現自己正頭枕著冰袋，靜靜地躺在位於日本橋家中的二樓上，枕畔擺放著藥碗和體溫計，還有一盆小巧的牽牛花綻放著藍紫色的花朵。現在應該是一大清早吧？新藏不經意地想起那些回憶——暴雨、雷鳴、阿島婆、阿敏……他突然轉眼看向身側，不曾想在葦簾門的一旁，梳著銀杏葉髮髻、臉色依舊蒼白的阿敏正憂心忡忡地坐在那裡。不，並不只是幹坐在那裡，當她注意到新藏甦醒後，臉色頓時微微發紅，羞怯地出聲招呼道：「少東家，您醒了？」「阿敏。」新藏好似仍在夢中，輕喚著戀人的名字。這時候，枕畔又傳來一個出乎意料的聲音，是阿泰：「唉，這下子就安心了——嘿！別動，別動，你要盡可能靜臥。」「你也在啊。」「我當然在啊，先前令堂也在，醫生剛剛離開。」一問一答之間，新藏把視線從阿敏身上收回，像是在看什麼極遠處的事物一般，出神地看向另一邊。果然，母親和阿泰就坐在自己枕邊，兩人還安心地對望了一眼。此時，新藏才徹底醒轉過來，對於那場驚心動魄的雷雨過後，自己是如何返回到日本橋的家中的，他一無所知。有好一陣子，他只是用探求的目光怔怔地看著三人的臉龐。母親溫柔地打量著新藏的臉色，安撫地說道：「一切都已經過去了，你就安心調理吧。現在只盼你儘早康復了。」阿泰也緊隨其後，用比以往更歡快的語氣補充道：「你就放心吧，上天神靈被你們兩人的深情感動，那個老太婆在跟鍵惣說話時，被落雷劈死了。」新藏聽著這個意外的捷報，心中悲喜無以言表，只能感動地微微搖晃著身子，任由眼淚奪眶而出，默默閉上雙眼。守在旁邊的三個人還以為他又昏過去了，手忙腳亂地湊過來。新藏卻睜開眼，剛欠起身的阿泰故意誇張地噴著嘴，回頭望著那兩個女人說：「搞什麼，嚇唬人呢。放心吧，那位剛剛還在哭鼻子，現在也笑了吧。」實際上，新藏只要想到在這世上已沒有那古怪老太婆的存在，唇角就自然而然地浮現出笑意來。過了一會兒，在享受過這幸福的微笑後，新藏看向阿泰，問道：「鍵惣呢？」阿泰笑著回答他：「鍵惣嗎？鍵惣只有乾瞪眼的份兒了。」他不知何故停頓了一下，但還是重整思緒，對新藏說出以下駭人聽聞的話：「這是我昨天去探望時，聽那男人親口說的。阿敏在神靈附體時，反復說著：『若是再阻撓你們兩人的戀情，定要那老太婆性命不保。』但是，那老太婆卻只當是阿敏在打誑語。白天鍵惣過去時，為了破壞你們兩人的關係，她更是動了殺機，囂張得不可一世。如此看來，我的計畫是徹底失敗了。不過，最後我們不也達到目的了嗎？只是那老太婆自以為阿敏所說都是誑語，最終自取滅亡，也確實是意料之外啊。這麼看來，那婆娑羅神到底是善是惡還真是難以言說呢。」聽到這裡，新藏越發驚詫於將自己玩弄於股掌的那股幽冥法力。

不經意間，他又回想起自己從雷雨天以來的經歷，問道：「那麼，我呢？」這次是阿敏代替阿泰回答的，「雖然我們很快在石河岸邊叫了車，把你送到附近的醫院，但是因為淋雨的緣故，你高燒不退。傍晚把你送回家中時，你也一直昏迷不醒。」聽到這裡，阿泰也滿足地向前探著身子，「你能退燒，全是托了令堂和阿敏的福啊。到今天為止整整三天，為了照顧燒得說胡話的你，不止是阿敏，連令堂也一樣，眼睛都不敢閉一下。阿島婆那邊，由我出面辦了葬禮，那也都靠了令堂的周旋。」說到最後，全是欽佩之意。「母親，謝謝您。」「什麼話，不用謝我，倒是你要好好謝謝阿泰才是。」說話間，母子倆連同阿敏和阿泰，全都熱淚盈眶。不過，阿泰不愧是男子漢大丈夫，很快重振聲音道：「已經三點了，我就先行告辭了。」說著，他就要起身。新藏疑惑地眉頭微皺，感到奇怪地問道：「三點？現在不是早上嗎？」阿泰好像聽到了什麼怪事一樣驚訝不已，說道：「開什麼玩笑。」但他還是取出腰間的懷錶，打開蓋子看了看。不過，看到新藏落在枕邊牽牛花上的視線時，他突然開心地笑著，說出了這樣的小插曲：「這牽牛花啊，是阿敏在老太婆家時精心照料的盆栽。最奇特的是，這藍色的花朵從那個下雨天一直開到現在呢。阿敏曾說，只要這花還開著，你就一定能清醒過來。為了讓我們也相信，她更是說了好多遍呢。不過一切都是值得的，如今你終於甦醒過來，同樣是詭異之事，只這一件，讓人覺得無比溫馨啊。」

大正八年（1919）九月

魔術

秋末冬初，一個細雨綿綿的夜晚。我坐的人力車在大森附近的陡坡上幾度上下，終於在一座翠竹環繞的小洋房前停了下來。狹窄的大門上，灰色的油漆已經斑駁，在車夫提燈的映照下，只有陶瓷門牌是嶄新的，上面用日文書寫著印度人馬迪拉姆．米斯拉的名字。

說到馬迪拉姆．米斯拉先生，恐怕當今對其一無所知的人為數不多吧。米斯拉先生出生於加爾各答，是常年謀求印度獨立的愛國者，同時他還師從哈桑．甘，修行名聲顯赫的婆羅門秘法，是年輕一代的魔術大師。我也是剛好在一個月前，經朋友介紹，跟米斯拉先生開始來往的，雖然就政治經濟等問題談論過多次，但是至今還未曾見識過他表演魔術。也正因此，我特意提前書信一封，懇請其為我展示魔術表演，並於今夜坐著人力車急切地來到僻靜的大森市郊——時下米斯拉先生的居所。

我冒著雨，在車夫昏暗燈光的照耀下，按下了門鈴。不多時，門被打開了，從門裡探出頭來的是一個矮小日本老婆婆，是照顧米斯拉先生起居的女傭。

「米斯拉先生在家嗎？」

「在的，從剛才起就一直恭候您的大駕光臨呢。」

婆婆恭敬地回復著，很快將我引到位於門廳盡頭的米斯拉先生房間。

「今夜冒雨前來，辛苦您了。」

米斯拉先生有著黝黑的膚色和大眼睛，蓄著柔軟的鬍鬚，他一邊調整著桌上油燈的燈芯，一邊神采奕奕地向我寒暄著。

「哪裡哪裡，得以見識您的魔術表演，區區小雨又算得了什麼。」

我在椅子上落坐，環顧四周，在微暗的燈光映照下，室內顯得有些陰沉沉的。

米斯拉先生的房間是樸素的西式格局，正中放著一張圓桌，牆邊是一個高度適中、方便取用的書架，後面的窗前擺有一張書桌——除此以外只剩下我們就坐的椅子了。不過，這裡的桌椅都有些陳舊，就連邊緣處繡著紅花的華麗桌布，也好像要開裂般露著線頭。

我們寒暄完畢，聆聽著窗外似有若無的雨打竹林聲，過了一會兒，當那個傭人婆婆端著紅茶茶具進來時，米斯拉先生打開雪茄煙盒，問我：「如何？來一支吧？」

「多謝。」

我沒有過多客氣，取了一支，就著火柴點燃。「您所驅使的精靈，名字好像是叫『金』。接下來我得以拜見的魔術，也是承借了『金』的助力嗎？」

米斯拉先生將自己的雪茄點燃，微微一笑，噴吐著散發優質氣味的煙霧說道：「認為有『金』這類精靈已經是幾百年前的老皇曆了，說是《天方夜譚》時期的思想還比較靠譜。我師從哈桑．甘學習的魔術，是如果您想學習也可以施展的，說是高級些的催眠術也不為過。請看，我的手只要像這樣做就可以。」

米斯拉先生抬起手，在我眼前描畫了兩三次三角形的形狀，然後他把手往桌上伸去，竟從桌布邊緣處的刺繡圖案裡摘出一朵花來。我驚訝萬分，不由得將椅子拉近去看，仔細打量後，那朵花確實和桌布中的圖案別無二致。接著，米斯拉先生將花拿到我鼻子前，頓時一股濃重的類似麝香的味道傳來。我對這太過不可思議的景象連聲讚歎，而米斯拉先生只是微笑著，信手將花放回桌布上。不消多說，花又恢復成了織物的模樣，別說看不出被摘下來過的痕跡，就是連花瓣也不曾改變分毫。「如何？很簡單吧，接下來請看這盞燈。」

米斯拉先生說著，重新放置了桌上的油燈。一時間，毫無來由地，油燈彷彿陀螺一般滴溜溜轉動起來。而且它的旋轉彷彿是以燈柱為中心，固定在一處，轉勢很好。最初我看得頗有些提心吊膽，生怕引發火患，好幾次快要沉不住氣，可是米斯拉先生只是靜靜飲著紅茶，絲毫不見慌亂。於是我也壯起膽來，緊盯著漸漸加速的律動。

在燈盞旋轉所帶動的風中，僅有的一簇黃色火焰卻紋絲不動地燃燒著，無以言表的美麗、奇妙，十分精彩。這期間，油燈的旋轉越來越快，到後來快到讓人看不出旋轉，彷若澄清的狀態。不知道什麼時候，這狀態又恢復成原本放置桌上的模樣，連燈柱都不曾有一絲偏離。

「驚訝嗎？這只是初級程度的小把戲，如果您還有興趣的話，我就再表演一個吧。」

米斯拉先生背轉過身，看著牆壁旁的書架，然後伸出手去，彷彿召喚一般勾動手指，這下子，架子上的書紛紛動了起來，自動往桌上飛來。書皮向兩邊翻開，那飛行方式就如同夏日傍晚交錯飛行的蝙蝠一般，翩翩然在空中飛舞著。我叼著雪茄，被抽了魂般地呆看著這一幕。在微暗的油燈光中，無數本書自由飛舞，最後每一本都按照次序，在桌上疊放成埃及金字塔的形狀。當書籍一本不剩地全部移過來後，最初飛來的那本又動起來，它們又依次順著原路飛回了書架。

其中最有趣的一幕是，一本薄薄的平裝書，展開如翅膀般的書皮，輕盈地飄在空中，在桌上繞著圈飛了一陣子，突然書頁沙沙作響，朝我膝頭直落下來。我不明就裡翻開一看，不正是我一周前借給米斯拉先生的那本法國新小說嘛。

「承蒙借閱了。」米斯拉先生面帶微笑，向我道謝。而此時，那數量眾多的書籍已經全部從桌上飛回到書架上。我如夢方醒，驚得連客套話也說不出來。此時，我又想起米斯拉先生剛剛說過的話——「要說我所使用的魔術，是如果您想學習也可以施展的。」

「早已聽聞對您的各種評價，但沒想到您施展的魔術精彩絕妙如此，真是百聞不如一見。您剛才所說，平凡如我若想施展也並無不可，莫不是在開我玩笑的吧？」

「若說施展，無論是誰都是可以的。只是——」說到這裡，米斯拉先生打量著我的臉，用無比嚴肅的口吻說道：「只是，心懷私欲的人是施展不出來的。若想修行哈桑·甘的魔術，首先就要拋棄私欲。你認為自己做得到嗎？」

「我一定能做到。」雖然我如此回答，但總覺得有些不妥，又立刻加上了一句，「只要您肯教授我魔術。」

話已至此，米斯拉先生眼底雖還有疑慮，但也許是不便再進一步質疑，重重地點了點頭：「那麼我就傳授給你吧，但是無論施展起來多麼輕鬆，學習起來還是要花工夫的，今夜就請留宿寒舍吧。」

「實在是太叨擾您了。」我為得以學習魔術而欣喜，再三向米斯拉先生道謝。米斯拉先生卻表現得並不在意，靜靜地從椅子上站起來道：「婆婆，婆婆，今夜有貴客留宿，還請代為安排臥室。」

我激動得心跳加速，連雪茄煙灰也忘了撣掉，不禁一直仰望著米斯拉先生親切的面龐。他正面對著煤油燈，沐浴在一片光芒之下。

我得到米斯拉先生的魔術真傳已過月餘。那也是一個細雨綿綿的夜晚，我在銀座某家俱樂部的單間裡，和五六個友人在壁爐前一邊玩著遊戲，一邊隨意地閒聊著。

因為地處東京市中心，窗外的雨勢打濕了川流不息的汽車或馬車的車頂，也許是這一層緣故，這裡聽不到大森那種雨打竹林的靜寂音色。

室內自然是一派歡聲笑語，不論是明亮的燈光、寬大的羊皮座椅，或是光可鑒人的木片拼花地板，這一切與彷彿隨時會冒出精靈的米斯拉先生的居室相比，真是天差地別。

我們在雪茄的煙霧中，聊了一陣狩獵和賽馬之類的話題，隨後，其中一個友人將還燃著的雪茄丟進壁爐，轉身問我：「聽說你最近學會了變魔術，怎麼樣，今晚向我們展示一二吧。」

「當然可以。」

我靠在椅背上，一副魔術大師的樣子，妄自尊大地回答道。

「那麼，就由你自己發揮，給大家表演一個有別於一般市井藝人的特別魔術吧。」

友人們全都表示贊同，紛紛將椅子拉近，期待地望向我。我則氣定神閑地站起來。

「仔細看好了，我所變的魔術可是絕不弄虛作假的。」我這麼說著，卷起雙臂的袖子，動作流暢地從壁爐中取出一塊熊熊燃燒的煤塊置於手上。單就這一手，已經讓圍著我的友人們大驚失色了。大家面面相覷，都下意識地避開，甚至因擔心灼傷而開始畏縮地向後退開。

反觀我的反應，卻愈發沉著隨意，將掌中煤塊的火焰依次呈現眾人眼前，然後猛地向木片拼花地板撒去。那一刻，另一種與眾不同的雨聲從地板上響起，壓倒了窗外的淅淅瀝瀝。從我手中撒出的瞬間，煤塊的鮮紅火焰竟變成無數華美的金幣，如雨點般灑落在地板上。

友人們都彷彿做夢般，茫然到甚至忘卻了喝彩。

「先獻醜了。」我臉上浮起得意的笑容，輕輕坐回椅子上。

「這些都是真正的金幣嗎？」其中一個驚呆的友人終於能對我發問，那已經是魔術過後五分鐘的事了。

「是貨真價實的金幣啊，不相信的話，去撿來看看就知道。」

「不會燙傷吧？」一個友人顫巍巍地試探著抓起地板上的金幣：「原來如此，這是真正的金幣啊！夥計，去取掃帚和簸箕來，把這通通掃起來。」

夥計立刻按照吩咐收集起地板上的金幣，在桌上堆成一堆。友人們都聚攏在桌子四周。

「差不多有二十萬日元吧。」

「不，恐怕還要多些。要是這桌子徒有華美的外表，豈不是要被壓塌了。」

「真是了不起的魔術啊，煤炭的火焰都能瞬間變成金幣。」

「若是持續這樣做，不出一周，定能成為讓岩崎或三井之流也望塵莫及的大富豪吧。」

朋友們紛紛如此交口稱讚著我的魔術。而我只是端坐在椅子上，悠然地噴雲吐霧。

「哪裡哪裡，要說我的魔術，是一旦心存私欲的話，就再無法施展了。所以這些金幣也好，展示給你們看完後，我是要再讓它們回到壁爐中去的。」

友人們聽聞此言，不約而同地一致反對起來，都說要是將這筆鉅款還原成煤炭，實在是太暴殄天物了。

但是，因為我跟米斯拉先生有約在先，無論如何都要將金幣歸還於壁爐，甚至為此不依不饒地跟友人們爭論起來。而朋友當中素來最為狡猾的一人，從鼻子裡哼笑著說：「你說要將金幣還原，我們都表示反對。這樣爭論下去何時是個頭啊。我有個主意，就是你把這些金幣當作籌碼，與我們玩把撲克吧。如果你獲勝的話，要將金幣變回煤炭或別的什麼隨便你，不過，要是我們獲勝了，就請將金幣交給我們。這樣一來也不用互相辯駁，豈不是皆大歡喜？」

即使這樣，我仍搖著頭，哪有輕易就贊成這種提議的道理？但是友人浮現出越發嘲諷的笑容，在我和桌上的金幣之間來回打量著。

「你之所以不願與我們玩牌，無非是不想我們拿走金幣。還搬出什麼為了施展魔術首先要拋卻私心的說法，你的做法也未免太前後矛盾了吧？」

「不不，我絕不是因為捨不得把這些金幣給你們才要將它們變回煤炭的。」

「那麼就來玩一把。」

如此這般的問答進行了幾個回合後，我終於被友人說服，將桌上的金幣當作籌碼，用紙牌一決勝負。朋友們自然都很開心，立刻取來了一副撲克牌，圍坐到房間一角的牌桌上，連聲催促著仍在猶豫的我。

事已至此，我也無能為力，只能勉強陪友人們打起撲克。不知為何，通常牌運不佳的我卻在那天晚上，做夢般地連連得勝。最奇妙的是，原本意興闌珊的我興致也漸漸高昂起來，不出十分鐘，我已經忘卻一切，一顆心全都撲在撲克牌上了。

朋友們原是想從我這裡把那些金幣統統贏走，才特意開了牌局，這麼一來也都急切起來，真有些意氣相爭的意思，不顧一切地非要一決高下不可。但是，無論朋友們如何起勁，我始終保持不敗，到了最後，我甚至贏得了跟那些金幣幾乎同等數額的錢財。於是，剛剛那個居心叵測的友人簡直是癲狂般地將牌甩出來：「來吧，出牌吧，我用我的全部家產跟你賭，地皮、房產、馬匹、汽車，毫無保留全部押上，相應地，你也要押上那些金幣，連同你剛剛贏得的所有財物來賭。來吧，出牌。」

那一瞬間，我有了這樣的想法。桌上堆積如山的金幣，還有我煞費苦心贏得的金錢，如果這一把時運不濟就會被對手全部拿走。不過，要是我在這一局勝出，便能一次性得到對方的全部家產。如果此時不用魔術，那苦心求學的價值又體現在哪裡呢？這麼一想，我再也按捺不住，下定決心要用魔術來一決勝負。

「好，就由你先出牌。」

「九。」

「K。」

我自鳴得意地將撲克牌展現在臉色蒼白的對手眼前。然而不可思議的是，撲克牌上的國王彷彿被注入了靈魂般，高昂起帶著王冠的頭顱，猛地從紙牌中探出來，莊嚴地舉著劍，陰陰地抿唇笑著。

「婆婆，婆婆，今夜有貴客留宿，還煩請您代為準備臥室。」

一個熟悉的聲音如是說道。我思及此，恍惚間，連窗外聽來彷彿也突然變回了大森竹林中那寂靜的雨聲。

我猛然醒轉過來，四下打量，發現自己仍是端坐在米斯拉先生對面，對方正沐浴在微暗的燈光中，帶著撲克牌上國王般的微笑。

就連我夾在指縫間的雪茄煙灰，也不曾掉落，保持原樣。我以為時間已過月餘，其實這不過是兩三分鐘裡做的一個夢罷了。但是那短短兩三分鐘，無論是我自己還是米斯拉先生都已經明白了，我已經喪失了學習哈桑・甘的魔術秘法的資格。我羞愧地低下頭去，久久不能言語。

「要想使用我的魔術，首先必須捨棄欲望。你的修為還不夠。」

米斯拉先生帶著同情的目光，手肘杵在邊緣繡著紅花圖案的桌布上，靜靜地勸誡我。

大正九年（1920）一月

兩封信

借著某個機會，我得到了下面的兩封信，一封是今年二月中旬寄出的，另一封是三月上旬，收件人是員警署長許先生，都是預付郵費的信件。至於把信件公佈於眾的原因，就由信件本身的內容來說明吧。

《第一封信》

員警署長閣下：

首先，請閣下相信我的正直。這一點我可以向所有神靈起誓，以茲保證。因此，請相信我並非心術不正之人。如若不然，我向閣下所呈信件所述之事，恐將成為無稽之談。那樣的話，我又何苦寫這封長信呢？

閣下，在落筆之前，我也十分猶豫。原因是，我即將把我全家的秘密都公佈在閣下面前。當然那對於我的名譽而言是極大的損害。但是若不寫明此事，我亦無法再承受一分一秒的煎熬。因此，我終於下定決心，將此事公佈出來。

已然到了非說不可的地步，我才寫了這封信，您應該不會坐視不理，把我當成瘋子吧？我再一次在這裡請求您，閣下，請一定相信我是一個正直的人。然後，煩請閱讀此信。這是賭上我和妻子的名譽所寫的。

把這樣的事情，用這樣冗長繁瑣的方式寫出來，對於公事繁忙的閣下您而言，必定是格外的困擾。但是，鑒於我接下來所述事情的性質，請閣下務必信任我的品性是端正的。如若不然，您絕對無法相信這樣超現實的事情，又怎麼能正視這種創造性精力的奇特作用呢？像這樣不可思議的事實，我更是懇請閣下務必相信。接下來所述的事實，無可避免會遭受非議。但是，這樣做一方面可以證明我自己絕非心智失常，另一方面也是向您表明，這樣的事情並非前無古人。因此，我下面所述的事實並非是毫無必要的。

關於那件事，歷史上最著名的實例之一，恐怕要數葉卡捷琳娜女皇曾見過的那一幕。其他還有歌德的那次，也是同樣聞名天下。但是，這些早已是膾炙人口的事情了，我在此不多贅言。我要列舉的兩三事，是比這些更有權威性的事例。我盡可能簡短地闡述這一神秘事件的性質。首先是沃納博士（Dr.Werner）帶來的實例。您請看，據他所說，路德維希堡有個名叫拉采爾（Ratzel）的寶石商人。某天夜裡，商人剛轉過路口，猛然撞見一張和自己長得一模一樣的臉。那個男人之後不久，在幫伐木工砍伐橡樹時，被倒下來的樹木壓死了。再來說一個極為相似的事例，主角是羅斯托克的一個數學教授貝克爾（Becker）。在某天夜裡，他跟五六個朋友一起討論神學問題，因為需要引用一本書中的論點，便獨自一人回自己的書房去取書。結果看到另一個自己正坐在他常用的椅子上讀書。他非常震驚，於是越過那人的肩膀，看了一眼他正在讀的書。那書是聖經，而那人右手食指正指在「快去安置你的墳墓吧，你的死期將至」這一句上。他回到朋友們待的房間，將自己死期將至的事情跟眾人說了。之後，正如他所言，第二天下午六點，他安靜地停止了呼吸。

看到這裡，您大概認為這是「二重身」[19]現象，是一種死亡預告吧。不過也不儘然。沃納博士還曾記錄過這樣的事情。某位蒂萊妮斯夫人，跟自己六歲的兒子和小姑子三人在一起時，看見過穿著黑衣的另一個自己，但並未發生任何不幸。這也是證明這種現象可以被第三人看到的實例。史迪林（Stilling）教授舉過一個叫特裡布林的魏瑪城差役的實例，以及他認識的某位元M夫人的例子，也都應歸在這一類情況當中。

更進一步地只研究在第三者面前出現的二重身的實例，也絕不罕見。就連沃納博士自己也發現他的女僕有二重身。而且，烏爾姆小城的最高法院院長，一個叫作弗利澤（Flizer）的男人也曾明確證明，他的一個官吏朋友說，

19. 二重身（Doppelgaenger），德國民間傳說中活人的幽靈，與目擊者的面貌完全相同。

曾經在自己的書房看見本應在哥廷根的兒子的身影。除此之外，《幽靈性質的相關研究》的作者也舉例說，在卡姆巴蘭德的卡昂克林頓教會區，一個七歲的少女看見了她父親的二重身。《自然的黑暗面》的作者列舉過，一個叫作H的男性科學家兼藝術家，1792年3月12日晚，看見了其叔父的二重身等等。若要追根究底的話，恐怕會有更多潛在的資料吧。

我列舉出如此冗長的實例，浪費了尊敬的閣下您的時間，為此我感到萬分抱歉。但是，請閣下明白，這些都是毋庸置疑的事實。如若不然，則我所述事實恐怕也會被您當作是漫無邊際的荒唐事了。我想說的是，我也深受自己的二重身困擾。這也正是我向閣下您提出請求的原因。

我以上提及的我本人的二重身，詳細說來，應該是我和我妻子的二重身。我叫佐佐木信一郎，家住本區某町某巷某號，今年三十五歲，自東京帝國文科大學哲學系畢業後，時至今日，一直擔任某私立大學的倫理及英語教師一職。妻子芙紗子，與我完婚剛好四年，今年二十七歲，膝下無子。在此，我想請閣下格外注意的是，我的妻子素來有些歇斯底里，在結婚前後表現得尤為突出，甚至一時憂郁到連我都幾乎無法與之交流的地步。但是，最近幾年她發作的次數極少，情緒也較之前開朗了很多。只是，從去年秋天起，她的精神好像又開始不穩定起來，這段時間總是做出些異常的舉動，讓我備受折磨。不過，我之所以說到妻子的歇斯底里，是因為這跟我對於此奇怪現象的某種解釋與推測有關，關於這點，我會在稍後詳細陳述的。

至今為止，我們遇到了三次這種情況。要說我們夫婦所遇到的二重身具體是怎樣的存在，我將參考我的日記，盡可能準確地一一陳述，敬請過目。

第一次，是去年十一月七日，時間大概是晚上九點到九點半之間。那天我和妻子兩人去參加有樂座[20]的慈善演出。坦白說，那次的票是我朋友夫妻倆買的，因為時間安排不能去，所以友善地將票送給了我們。演出本身沒有

20. 日本的劇場名，位於有樂町。

什麼特別需要說明的。而且我對於音樂和跳舞都沒有什麼興趣，實際上可以說是為了妻子而去的，大部分節目只是徒增我的厭倦罷了。因此，即使我想要再多說點什麼，也完全說不出演出的始末。但是，根據我的記憶，中場休息前，確實有一個叫作寬永御前競賽的評書節目。當時在我的腦海中，對會發生異常事件是有所覺察的。聽完這場評書後，這樣的擔憂是否會一掃而空呢？

在中場休息時，我來到走廊上，將妻子單獨留下，去方便一下。不用說，這時候周圍狹窄的走廊裡已經擠滿了人。我穿過人群從廁所回來時，在那個拱形的走廊靠近大門的位置，視線自然地落到了在對面走廊旁的妻子身上。妻子像是覺得燈光太過耀眼一般，靦腆地垂著頭，往我的方向轉過臉來，靜靜地站著。但是，那並沒有什麼特別之處。我所看到的恐怖瞬間，幾乎在剎那間粉碎了我的視覺和理性：我的視線偶然間——與其說偶然，不如說是基於超越了人類感知能力的微妙原因——看到有個男人的身影背對我，站立在妻子旁邊。

閣下，我就是在那個時候，第一次通過那個男人認識到我自己的。

第二個我，跟第一個我身著同樣的外套，穿著同樣的和服裙褲，而且跟第一個我的站姿也完全相同。如果他回頭看過來的話，恐怕那長相也跟我是一模一樣吧。我實在無法形容我彼時的心情。我的周圍人頭攢動，頭頂上，無數電燈放射出亮如白晝的光芒。不妨說，我的前後左右其實都充斥著神秘之物，以及不該並存的東西。實際上，我在那樣的世界中，突然看到了除了本人以外的自我存在。我震驚錯愕，恐懼感也因此更加深重起來。如果不是此時妻子抬頭朝我的方向看上一眼，我恐怕會大叫著，將周圍的注意力全都引到這個奇怪幻影的身上。

然而，幸運的是，妻子的視線和我的交會了。而且幾乎在同時，另一個我以玻璃龜裂的速度，眼看著從我的視線裡消失了。我彷彿夢遊患者般悵然若失地走近妻子。但是，妻子大概是沒有看到另一個我吧，我走到她身側時，她用平常的語調說：「去得有點久呢。」然後看著我的臉，擔憂地問：「怎麼了？」我的臉色可謂是面如死灰。我擦拭著冷汗，猶疑著是否要將我看到的超自然現象告訴妻子。但是，看著妻子擔憂的臉色，我怎麼也開不了口。在那時，我就下定決心，為了不讓妻子再擔心，將絕口不提有關另一個我的事情。

閣下，如果我妻子不那麼愛我，或是我不愛妻子的話，我無論如何也不會做出這樣的決定。我敢說，直到今天我們夫妻倆都是從心底深愛著對方的。但是眾人卻不認可這一點。閣下，那些人認為妻子是不愛我的。那是多麼可怕的事情，簡直令人難以啟齒。作為我個人而言，自己對妻子的愛被人否定，又是一種多麼大的屈辱啊。但是，世人卻進一步懷疑起我妻子的貞潔來。

我被衝動的感情左右，沒想到寫離題了呢。從那一晚起，我始終被一種不安情緒籠罩。如前文所述的實例一般，二重身的出現，往往是向當事人發出的死亡預告。但是，即使感到非常不安，我仍然平安無事地度過了一個月的時光。而且，期間還過了個年。我當然不是說，已經將另一個自己拋在腦後了。但是，隨著時間的推移，我的恐怖和不安漸漸淡下來。不，實際上，有時候我已經將那一切都當成幻覺來解釋了。

於是，彷彿是為了懲罰我的忽視，另一個自己再次出現在我面前。

那天是一月十七日，星期四，正好是接近正午的時候。那天我在學校裡待著，突然有一個故友前來探望。從中午開始我就沒有課要上了，我們索性一起離開學校，去駿河台下的某間咖啡廳用餐。如您所知，駿河台下的十字路口處有一個大時鐘。我下電車的時候，不經意間注意到時鐘的指針正指向十二點十五分。在即將下雪的鉛灰色天空下，那大時鐘白色的錶盤一動不動地靜止著，讓我感到沒來由的恐懼。或者說，這也許就是那個的前兆吧。我被突如其來的恐懼感籠罩，目光從時鐘自然地落在了相隔一條電車軌道的中西屋前的停車場上。在那裡，那個紅色柱子前，肩並肩親密站著的不正是我和我的妻子嗎？

妻子穿著黑色的外套，圍著深棕色的絹圍巾，看上去像是在跟穿著灰色長外套、戴著黑色軟禮帽的另一個我說著什麼似的。閣下，那天真正的我也是一樣，穿著灰色的長外套，戴著黑色的軟禮帽。當時，我是用怎樣充滿恐懼的雙眼，怎樣被憎惡之火燃燒的心靈，看著這兩個幻影啊！特別是當我意識到妻子的雙眼正無限溫情地看著另一個我時——啊啊，這一切都是一場噩夢吧。我連再次回想自己當時境遇的勇氣都沒有了。我不假思索地抓住朋友的手臂，呆呆地站在馬路上。此時，外濠線的電車從駿河台的方向順著坡道下行駛來，發出刺耳的轟鳴聲，從我眼前呼嘯而過。我們那時正好要穿過外濠線的鐵軌，向對面猛衝過去。真是彷彿冥冥中有神靈相助一般。

電車很快從我們面前飛馳而過。那之後，擋住我視線的就只剩下中西屋前的紅色柱子了。那兩個幻影，在電車通過的瞬間已經消失不見了。我催促著表情微妙的朋友，故作歡顏地大步走了過去。事後，那個朋友對別人說我精神異常，考慮到我當時異常的行為，也不是難以理解的事情。但是，若是把我瘋狂的原因歸咎於妻子的品行不端，實在是對我的侮辱。最近，我已經向那個朋友送去了絕交信。

我過度忙於記錄此事，卻並不能證明那時的她就是我妻子的二重身。那天的正午前後，妻子確實是沒有出門。這件事不但是妻子本人，連我家裡的女僕也都可以證明。而且，在那天之前，妻子就一直說頭疼，並且身體有種種不適，絕不可能突然外出。這樣一來，這個時候映入我眼中的妻子的身影，不是二重身又會是什麼呢？當我詢問妻子是否外出時，她睜大了眼睛回答「沒有」的表情，我至今仍歷歷在目。如果真如世人所說，妻子欺騙了我，她絕不可能露出那樣純真如稚子的表情。

我在相信有另一個自己的真實存在之前，當然也對自己的精神狀態產生過懷疑。但是，我的頭腦不曾有絲毫的混沌，也可以安穩地入睡和學習。當然，自從第二次看到另一個我以來，我更容易受到驚嚇了。這都是那個奇怪現象導致的，絕對不是因為我易受驚的性格引起的。無論如何，我都堅信有我本人之外的另一個自我存在。

但是，在那個時候，我越發難以向妻子說明幻影的事情了。若不是命中註定，也許我至今也不會鬆口吧。但是，頑固的另一個我，第三次出現在了我的面前。這是上週二，也就是二月十三日的晚上七點前後的事。當時，我已經陷入了必須對妻子說明一切的困難境地。這麼做也是因為，除此以外，再沒有什麼能減少我們的不幸，我們實在是走投無路了。不過，這件事還是容我稍後向您說明吧。

那一天，正好輪到我值班。放學後不久，因為強烈的胃痙攣，我聽從校醫的忠告，趕快坐計程車回家。雨從中午就開始下，還夾雜著風，車開到家附近時，已經變成了瓢潑大雨。我在門口匆匆付了車錢，就冒雨快步走向門口。和往常一樣，入口的格子拉門反鎖著。但是，因為我有辦法從外面打開門，所以很快就走進去了。也許因為混雜在大雨聲中，聽不太清楚開門的聲音吧，門裡沒有人出來迎接我。我脫掉鞋子，掛好帽子和外套，從門口往隔著一個房間的書房走去，拉開了書房的隔扇門。這是我的習慣，在去客廳前，會將裝有教科書等物品的手提包放到書房去。

此時，我眼前突然出現了意外的景象。在朝北的窗戶前，桌子和桌前的轉椅，以及四周的書架都沒有發生任何變化。但是，橫在眼前的一男一女到底是誰呢？那個女人站在桌子的一側，男人則坐在轉椅上。閣下，在那個時候，我與另一個自己以及另一個妻子只相隔咫尺的距離，就算是我想要忘卻當時留下的恐懼印象也做不到。我從站立的門檻處看向桌旁兩人的側臉。窗外射來微冷的自然光，在他們的臉上留下清晰的明暗交界。而他們面前那罩著黃色絲綢燈罩的電燈，卻只在我眼中映照出一片黑暗。而且，最為諷刺的事是，他們正讀著我記錄這些奇怪現象的日記。日記就放在桌上攤開著，輕易就能認出來了。

我記得，在看到這情景的瞬間，我不假思索的尖叫聲衝口而出，也記得隨著我的叫喊，那兩個幻影同時向我看來。如果他們不是幻影的話，我就可以向妻子詢問我當時的樣子了。但是，那當然是不可能的事情。當時我除了感到極度暈眩之外，確實再沒有其他記憶了。我就那樣昏倒在地，失去了意識。我的妻子被叫聲驚擾，匆忙從客廳跑過來的時候，那個該詛咒的幻影也已經消失了吧？妻子扶我在書房裡躺好，很快取來冰袋敷在我額頭上。

等我恢復意識，已經是大約三十分鐘以後的事情了。看到我從昏迷中醒過來，妻子猛地哭出聲來。這段時間，我的行為讓妻子十分擔心。「你在懷疑什麼吧，是那樣吧？如果是的話，為什麼不開門見山地說呢？」妻子這麼責備著我。外人對我妻子的貞潔有所懷疑一事，閣下您也應該已經知道了。那些事就是那個時候傳進我耳朵裡的。恐怕我妻子也已經從別人那裡聽到這個可怕的傳聞了吧。我能聽出妻子帶著顫抖的話音，因為她擔憂我也如外人一般心存懷疑。妻子認為我所有的舉動都是出於對那件事的懷疑。如果我再保持沉默的話，就是在惡意讓妻子陷入尷尬境地。因此，我靜靜地向妻子轉過臉去，儘量不讓額頭的冰袋滑落，低聲說：「原諒我吧，我對你有所隱瞞。」

然後，我盡可能詳細地說明了另一個我三次出現的事情。「外人的流言蜚語，在我看來，是外人看到另一個我和另一個你在一起，並藉此捏造的。我對你是深信不疑的，因此，也請你相信我。」最後，我強調道。但是，妻子身為弱質女流，卻被世人懷疑貞潔，這是怎樣的苦悶委屈啊。而且，用所謂二重身的現象來解除世人的質疑，也不是常人所能理解的。自那之後，妻子便經常在我枕邊啜泣。

而我也將前文所述的種種實例，二重身真實存在的可能性，都一一向妻子說明了。閣下，像我妻子這樣的敏感體質的女性，特別容易引發這樣奇特的現象。這樣的現象也不乏實例，例如著名的夢遊患者 AugusteMuller 等，也屢屢被傳有二重身。但是也有人質疑，認為那名夢遊患者是憑藉自己的意志讓二重身現身的。像我妻子這樣意志不夠堅強的人，肯定是做不到的。可是退一步說，如果用這個理由來解釋妻子的二重身，那我的情形又被推入飽受非議的境地了。但是我們的問題，絕不是難以解釋的。畢竟，具有讓本人以外的人現出二重身的能力，也並非難事。從弗朗斯•馮•巴德爾給Dr.Werner的信中可以看出，艾卡魯茲．哈森在死前，公佈了自己具有讓他人的二重身顯現的能力。這樣看來，第二個問題和第一個問題相同，都成了在質疑妻子是否有意為之了。但是，是否有意為之，並不容易證明。可至少，我相信妻子並不是有意讓二重身顯現的。之所以發生這樣的事情，只是因為關於我的事情始終困擾著她吧，或者，妻子也在期待著與我一起遠走高飛吧。這樣也不難判斷，像我妻子這樣具有敏感體質的人，跟有意讓二重身出現的人一樣，都會導致相同的結果。至少我已經見識了這樣的事情。而且，像我妻子這樣的實例，也尚可另舉出二三例。

我將這些事情告訴妻子，以安慰她。妻子也終於明白了真相。之後，她說著：「只是，讓你受累了。」然後直直地望著我，淚水風乾在臉上。

閣下，至今為止，另一個我的事情，我已經大致都說明了。我將這件事當作是我和妻子之間的秘密，時至今日再沒有向第二個人說過。但是此一時彼一時，外人已經開始對我進行公然的嘲笑，而且，也開始排擠我的妻子。現在這個時候，甚至有人在我家門前編唱諷刺我妻子不貞行為的歌謠。我本人對這種事是無論如何也不能再保持緘默了。

但是，我向閣下說明這些事情，並不只是因為我們夫妻遭受了這些沒來由的侮辱，而是因為不斷忍耐這些侮辱，妻子的神經衰弱已經變得越來越嚴重了。隨著妻子病情的惡化，二重身的出現似乎也愈加頻繁了。這樣一來，外界針對妻子貞潔的懷疑，也愈演愈烈了。我對要如何擺脫這種窘境，實在是完全沒有頭緒。

閣下，經歷了這些事情之後，我懇請閣下的保護，這已經是我最後、也是唯一的活路了。請相信我說的事情，也請同情遭受世人殘忍迫害的我們夫妻二人。我的同事還曾在我面前故意將報紙上刊載的通姦新聞大聲說給我聽。我的前輩也給我寫信，在諷刺我妻子不貞行為的同時，奉勸我與妻子離婚。除此以外，我教授的學生也不認真聽我講課，在教室黑板上畫我和妻子的漫畫，還在下面寫著「可喜可賀可喜可賀」。這還都是多少和我有些關係的人，但這段時間，不少素不相識的人也開始對我和妻子進行令人無法想像的侮辱。有人寄來匿名明信片，把妻子比作禽獸。有人用比學生更過分的方式，在我家的黑牆上留下漫畫和字句。還有更為大膽的人，在我和妻子吃晚飯的時候，潛入我的院子裡偷看。閣下，這還算是人類的所作所為嗎？

閣下，我寫了這封信，只是為了向您說明上述的事實。警局對令我們夫婦飽受凌辱和威脅的世人會有怎樣的處理，那自然是閣下您的問題，並非我所能左右。但是，我相信英明的閣下一定會為我們夫妻做主，行使閣下您的職能，做出最恰當的裁決。敬祝盛世太平，願閣下不辱盛名，秉公執法。

又，如需傳喚詢問，我隨時可以前往警局。就此擱筆。

《第二封信》

員警署長閣下：

由於閣下您的怠慢，最終致使我們夫妻蒙受不幸。我的妻子已於昨日突然失蹤，至今下落不明。我很擔心，妻子有可能承受不了世人的壓力，而選擇自殺。

世人終於殺死了這個無辜的人。而閣下您自己，也是那令人憎惡的幫兇之一。

就在今天，我已經決定搬離此處。在如此無能的閣下您的管轄之下，人們如何能安居樂業？

閣下，我己於昨日向學校遞交辭呈。今後我將竭盡全力從事超自然現象的研究。閤下恐怕也與世人一樣對我的計畫報以冷笑吧。但是，作為員警署長，否定一切超自然現象，難道不引以為恥嗎？

閣下首先應該考慮到人類是如此無知。舉例來說，閣下您的部下中就有很多患有您做夢也想像不到的疾病。恐怕除我以外誰也不知道，還有靠接吻就能迅速傳染的疾病。這個事例足以打破閣下您傲慢的世界觀吧……

另外，我先前還先寫了一封幾乎毫無意義、過分哲學的長信。因為無關緊要，這次就略過不表了。

大正六年（1917）八月

春夜

這是我從一個叫作N的護士那裡聽來的故事。

N護士頗有些固執，嘴唇總是乾裂，裡面銳利的虎牙清晰可見。

那時候，我因為大腸結膜炎，在弟弟療養地的旅館二樓靜養。因為腹瀉持續了一周，我的狀態非常不好，所以麻煩原本一直看護弟弟的N護士照顧我。

那是一個梅雨連綿的午後，N護士一邊用白釉砂鍋煮粥，一邊隨意地說起了那件事。

某年春，N護士被某個護士協會派到位於牛込的野田家。野田家沒有男主人，只有梳著切髮、不問世事的閑居老夫人，一個待嫁的女兒，以及小兒子，除此以外就只有女僕了。

N護士初到這戶人家時，便覺有些微妙的沉悶感。其一，可能是由於姐弟倆都患有肺結核。不過另外一個原因是，別院環抱的四疊半庭院裡，連一塊踏腳石也沒有，卻生長著茂密的木賊[21]。實際上據N護士的話說，那大量的木賊茂密得「像是要伸進用胡麻竹編的外窗窄廊裡一樣」。

閒居的老夫人稱呼女兒為雪小姐，對兒子則直呼其名清太郎。可以看得出，雪小姐是個好強的女人，就連測量體溫這樣的事情，即使N護士在一旁，也不放心，仍要逐一對照體溫計查看。

而清太郎則和雪小姐相反，並未給N護士添過麻煩，可以說是對N護士言聽計從，甚至跟N護士說話時都會臉紅。和這樣的清太郎相比，閒居的老夫人卻更看重雪小姐。因為這個原因，病情嚴重的是清太郎。

「我可不記得把他教育得這麼懦弱。」

老夫人來別院的時候（清太郎在別院臥床休養），總是毫無顧忌地抱怨著。但是，二十一歲的清太郎卻幾乎從不搭腔，只是仰面躺著，大多數時候都緊閉著眼睛，臉色蒼白得彷彿透明一般。

21. 木賊，一年或多年生草本蕨類植物，枝端產生孢子葉球，矩形，頂端尖，形如毛筆頭。

N護士說，她在更換冰袋的時候，經常能感覺到一整個庭院的木賊的影子映在他的臉周圍。

某天晚上，還不到十點，N護士到離這戶人家兩三條街遠的路上去買冰塊，那裡的料理店比較多。回來的路上，走到住宅較多的上坡時，有什麼人從N護士身後伸手摟住了她。

N護士被嚇了一大跳。但是更讓人驚訝的是，當她不假思索地奮力轉頭看向對方時，即使是在夜色中的匆匆一瞥，她看到的那張臉絕對與清太郎如出一轍。

不，沒有區別的不止是臉，理著平頭、穿著藏青底白點花布的和服，這些裝扮幾乎也和清太郎一模一樣。但是，昨天還在咳血的病人清太郎是不可能出門的，更不用說會做出這種事。

「姐姐，給我點錢花吧。」

那個少年依然保持著擁抱的姿勢，撒嬌般地說著。那個聲音也奇妙得讓人覺得和清太郎的完全一樣。

「你做什麼？太不像話了。我就在這宅子裡做事，你再不住手，我就要叫門衛來了。」

性格剛強的N護士用左手緊緊扼住對方的手說。

但是，對方依然不斷說著：「給我點錢花吧。」N護士慢慢地被哀求的聲音拖住，再一次回頭看向少年。

這次看到的長相也確實是「容易害羞」的清太郎。N護士突然覺得恐懼，毫不放鬆地鉗制住他的手，盡可能地大聲叫喊著：「門衛，快來人！」

N護士剛開口，對方就想要掙脫被扼住的手。同時N護士也撤回了左手。然後那人跌跌撞撞地拼命跑開了。

N護士上氣不接下氣（她回過神來才發現，自己一直把包了好幾斤重冰塊的包袱緊緊抱在胸前），跑進了野田家的大門。家裡自然是靜悄悄的。

N護士向起居室探頭張望著，對正在看晚報的老夫人做出有些難以啟齒的表情。

「N護士，你有什麼事嗎？」

老夫人看到N護士，幾乎是有些責備地問道。

那並不只是因為被那響亮的腳步聲打擾，實際上即使N護士在笑著，還是能看出她的身體正抑制不住地顫抖著。

「也沒什麼，只是我剛剛在回來的路上遇到一個人要調戲我。」

「調戲你？」

「是的，從後面摟住我，還說『姐姐，給點錢花吧』。」

「這樣啊，說起來，這附近是有一個叫小掘的不良少年……」

這時從隔壁房間傳來說話聲，是臥床靜養的雪小姐。不過令N護士，甚至是老夫人都有些意外的是，她的話帶著奇特的嚴厲。

「母親，請保持安靜。」

N護士對雪小姐的這番話，與其說是反感，不如說是有些不屑，於是便借機離開了起居室。

和清太郎相似的不良少年的容貌至今仍浮現在她的眼前，不，那不是不良少年的臉龐，而是輪廓有些模糊的清太郎本人的臉龐。

不過五分鐘之後，N小姐又轉到了窄走廊上，把冰塊搬到別院。清太郎也許不在那裡了，該不會是已經死了吧？

這種事情N護士也不是沒有想過。但是，一去到別院，就看到在微暗的燈光下，清太郎正獨自安靜地睡著，臉龐依然是那近似透明的白皙。庭院裡瘋長的木賊的陰影正投射在他臉上。

「更換一下冰袋吧。」

N護士這樣說著，把其他事情都拋到了腦後。

就在這個故事快要結束的時候，我盯著N護士的臉，多少有些不懷好意地說：「清太郎，是吧？你曾經喜歡過那個人吧」

「是的，曾經喜歡過的。」

出乎我意料，N護士立刻就非常爽快地回答了。

大正十五年（1926）八月

孤獨地獄

這些話是從母親那裡聽來的。而據母親說，她是從叔祖父那裡聽來的。這些話的真實性有待考證，但是，根據叔祖父的品行來判斷，我覺得這事的可信度還是比較高的。

叔祖父是一個對文藝頗有興趣的人，在幕府末期的文藝圈子裡交友廣泛，與河竹默阿彌、柳下亭種員、善哉庵永機、同冬映、第九代團十郎、宇治紫文、都千中、乾坤坊良齋[22]等人都有交情。

默阿彌在《江戶櫻清水清玄》一書中所塑造的紀國屋文左衛門的形象，就是以我叔祖父的形象為藍本的。自叔祖父去世以來，一晃五十年過去了，在他生前還曾有人送給他今紀文的外號，恐怕現在仍有人記得他的名字——他姓細木，名字叫作藤次郎，俳名[23]香以，俗稱山城河岸的津藤。

有一次，津藤在吉原的花街結識了一位僧侶。那人是本鄉附近某禪寺的主持，法號禪超。他也是一名嫖客，與花街裡叫作錦木的花魁相好。當然，因為那時是禁止僧侶葷食娶妻的，所以他從外表看來完全沒有出家人的樣子。

他穿著黃底褐紋的絲綢和服，外披一件帶有家族紋飾的黑紡綢禮服，對外自稱是醫生。叔祖父和他相遇實屬偶然。

說是偶然，那是在夜晚掌燈時分，在花街的二樓，津藤如廁回來，不經意地穿過走廊時，看到一個男人斜倚著欄杆在賞月。

那是一個剃著光頭、身形消瘦的男人，說起來個子還有點矮。月光下，津藤將這人當成了常來治游的庸醫竹內，所以走過他身旁的時候，伸出手輕輕扯了一下那人的耳朵，想要等那人驚慌回頭時，對其嘲笑一番。

然而，當他看到回過頭來的那張臉時，自己反而嚇了一跳。除了光頭之外，那人與竹內毫無相似之處。他的額頭分外寬厚，但是眉間卻緊蹙在一起。

22. 河竹墨阿彌，歌舞伎狂言作家。柳下亭種員，日本草雙子作家，草雙子是一種繡像通俗小說。善哉庵永機，徘句詩人。第九代團十郎，即市川團十郎，日本歌舞伎劇演員。宇治紫文，日本淨琉璃演員。都千中，日本淨琉璃演員。乾坤坊良齋，日本通俗講談演員，講談類似中國的說書。

23. 徘名，徘句詩人的署名。

因為臉上瘦得幾乎沒有肉，眼睛反倒被凸顯得很大。即使在這樣的夜色裡，仍能清楚地看到那人左臉頰上有一顆大大的黑痣。另外，他的顴骨也很高。這樣的一張臉，就這麼逐漸呈現在惶恐的津藤眼前。

「有何貴幹？」

那和尚用似乎有些生氣的口吻問道，好像還帶著些酒氣。

先前我忘記提了，那時候津藤身邊還帶著一個藝妓和一個隨從。這兩人怎能坐視津藤向別人認錯道歉。因此，那個隨從就代替津藤，為這無心之過向客人賠了個不是。

而津藤則帶著藝妓匆匆回到了自己的座位上。再怎麼八面玲瓏的人，也有出糗的時候。而那僧人從隨從那裡問清了事情的原委後，也消了氣大笑起來。自不用說，這個和尚便是禪超。

後來，津藤又帶著裝點心的託盤，專程前去賠禮道歉。而禪超也覺得過意不去，特意又回了禮。此後，兩人便相熟起來。不過要說交情，兩人也只是在花街二樓偶有碰面，還不曾有過什麼往來。津藤是滴酒不沾，禪超卻稱得上是無酒不歡。

兩相比較，禪超的穿著打扮也更為奢華。而最後沉湎女色一事，也是禪超更勝一籌。就連津藤自己也常說，真不知道兩人中到底誰是出家人。津藤身材魁梧，其貌不揚，剃著五分月代頭，掛著條銀鏈子，上面拴著筒狀的護身掛件，平素喜著暗紋的和服，配原木色和服腰帶。

某日，津藤見到禪超時，禪超正披著錦木的和式罩衫彈奏三弦。這男人平日就氣色不佳，今天也不例外，雙目充血，皮膚缺乏彈性，嘴角還時不時地抽搐一下。

津藤立刻覺得他是在擔心什麼，如果是他力所能及的事情，就請務必跟他談談——雖然他透露出這樣的口風，但是禪超似乎並不願明說。

而且，禪超今天說的話比以往更少了許多，稍微說兩句，又像是忘記了談話的主題一樣沉默了。於是，津藤把這理解成嫖客常有的倦怠感。縱情酒色之人的倦怠，肯定不能用酒色來治癒，從這個角度出發，兩人倒也難得心平氣和地聊起天來。而禪超像是突然想起來似的，說了下面這番話。

「按照佛教的說法，地獄也是形形色色的，大致上，首先可分為根本地獄、近邊地獄和孤獨地獄三種。從『瞻部洲下過五百逾繕那，乃有地獄』一說中便可看出，大致從古時候起，地底便存在有地獄了。只是，其中唯有孤獨地獄會突然出現在山間、曠野、樹下、空中等任何地方。也就是說目前這種情形，隨時都會現出地獄的苦難。我從兩三年前起，便墜入這孤獨地獄之中了。對一切事物都無法持續抱有興趣，所以才會不斷從一個境界奔赴另一個境界，就這樣生存著。即使那樣，我也無法從這個地獄中逃脫。可如果說不改變境界，那我將更加痛苦。因此，我只能不斷試圖忘記那一日日的痛苦，繼續生活下去。只是到頭來仍是痛苦萬分，還不如一死了事。以前即使痛苦也不願求死，現如今……」

最後那句話，津藤並沒有聽到。

禪超又和著三弦的調子低聲吟唱起來。此後，禪超再沒有來過花街，那放蕩不羈的禪僧之後的境況如何，已無人知曉。只是那天的禪超，將一本金剛經的抄本落在了錦木那裡。

津藤晚年家境衰敗，閒居下總的寒川時，常常置於案上的書籍之一便是那手抄本。津藤在那書的封面背後題上了自己所作的詩句：「花野知寒露，人間四十年。」

那本書未能保存下來，而記得那句話的人大概也都不在了。

那是安政四年的事了。母親因為對地獄一說頗感興趣，才記住了這些話。

對於像我這樣大部分時間都在書房度過的人，從生活方式上說，與自己的叔祖父以及那位禪僧可謂完全沒有交集。

從興趣上說，我對德川時代的戲作和浮世繪等，也沒有什麼特別的興趣。只是自己內心深處，對孤獨地獄一詞稍感介懷，不覺對他們的生活感同身受，我並不否認這一點。究其緣由，可能是因為我在某種意義上，也是深受孤獨地獄之苦的人吧。

大正五年（1916）二月

幻燈

「像這樣點燃這裡的油燈。」

玩具店的店主將燃著黃色火焰的火柴舉到金屬油燈處點燃，然後打開幻燈機後面的小門，將油燈輕輕安置到幻燈機內。

七歲的保吉屏氣凝神地看著店主俯身在桌前忙碌著。那位店主把頭髮從左梳成精巧的偏分，他那奇特的毫無血色的手一直吸引著保吉的視線。

現在應該是三點左右，陽光灑到玩具店外的玻璃門上，反射出川流不息的馬路。但是玩具店內，特別是這個隨意堆放著裝玩具的空箱子之類的角落，幾乎與日落時分同樣昏暗。

保吉剛剛來到這裡時，也產生過一種近似恐懼的感覺。但是現在，他看著幻燈，看著展示幻燈的店主，已經把所有事情都拋在腦後了，甚至連站在他身後的父親都忘記了。

「把油燈放進去後，請看那邊，月亮升起來了——」

店主終於直起身，與其說是對著保吉，不如說是對著保吉的父親，指著對面的牆壁示意。

在那對面白色的牆壁上，幻燈機投射出直徑剛好三尺的光圈，柔和的黃色光圈若說是像月亮一樣，也沒什麼問題，只是牆壁上的蜘蛛網和灰塵，也都因此被看得清清楚楚了。

「將畫片插入這裡。」

隨著喀搭一聲，光圈不知何時映射出朦朧的畫面。在金屬加熱味道的刺激下，保吉的好奇心更加強烈起來。他目不轉睛地盯著那朦朧的畫面。有什麼東西——一時還無法看出那投射的畫面是風景還是人物，唯一能分辨出的就是顏色，好似變化無常的肥皂泡一般。不，不止是色彩相似，白色牆壁上映照出的根本就是一個巨大的肥皂泡，微光中不知從何處飄來的，正是如夢幻般的肥皂泡。

「那個模糊的畫面只要對準鏡頭的焦距——就是先前展示的那個鏡頭，很快就能看得一清二楚了。」

店主又彎下腰。很快地，肥皂泡就變成了一幅風景畫，與日本的風景畫完全不同，是西洋風景畫，描繪了水流兩岸聳立的住宅。畫的應該是日落時分吧，在右邊的住宅上空，一輪新月灑下朦朦朧朧的月光。那輪新月、那些住宅、住宅窗口的薔薇花，都在豐沛的水面上靜靜地倒映出鮮明的影像。畫面上不要說人物，就連飛過的海鷗也不見一隻，水流只是向著盡頭的橋延綿而下。

「這是義大利威尼斯的風景。」

三十年後，保吉通過鄧南遮[24]的小說領略到了威尼斯的魅力。但是彼時，保吉看到這個水邊住宅的風景時，只產生出一種孤寂感。

他鍾愛的風景是塗著朱漆的大觀音堂前有無數鴿子翻飛的淺草，或是高大鐘樓下鐵路馬車川流不息的銀座。和那些景色相比，這住宅、這水流充滿了無以言喻的寂寞之感。

即使畫面中沒有鐵路、馬車或是飛鳥，至少那橋上該跑過一列火車吧。

他正這麼想著，突然從右邊那排窗戶中的一扇裡，探出一張小臉，那是一個繫著大大蝴蝶結的少女。

他記不得具體是從哪扇窗戶裡探出來的了，只記得大概是新月正下方的窗戶。少女探出頭來，把臉轉向這邊。然後，那眺望著遠方的惹人憐愛的臉上浮現出的，是毫無保留的笑容嗎？也不過一兩秒鐘的事情，保吉頓覺驚訝，不由得想要再去細看時，少女的身姿已經隱到窗戶裡去了。而每一扇窗戶都同樣掛著窗簾，看不出有人的跡象。

「如何，已經學會如何放映了吧？」

聽到父親的話，發呆的保吉被喚回了現實世界。父親叼著煙，略感無聊地站在身後。玩具店外依然是川流不息、車水馬龍的景象。店主也依然是那樣，梳著整齊的偏分，彷彿小試身手的魔術師般，奇特而毫無血色的臉上浮

---

24. 鄧南遮（GabrieleD'Annunzio，又譯丹農雪烏），義大利著名詩人、小說家、劇作家、民族主義者。

現出滿足的微笑。保吉突然迫不及待地想要將這個幻燈機帶回家。

那一晚，保吉和父親一起在蠟布上，再一次放映了威尼斯的風景畫。水面上波光粼粼，倒映著半空中的新月，兩側的住宅、家家戶戶窗前的玫瑰花——這一切都跟上次見到時的一模一樣。

只是，那個惹人憐愛的少女，不知為何這次卻沒有探出頭來。窗子還是那扇窗子，可是無論等待多久，窗簾後面那一戶戶人家都緊鎖著自己的秘密。

保吉耐不住長久的等待，向查看油燈的父親試探地問道。

「那個女孩子怎麼不出來了？」

「女孩子？這畫裡有女孩子？」

對於保吉的問題，父親不是很明白的樣子。

「不是，現在沒有，之前不是把臉探出窗子來過嗎？」

「什麼時候？」

「在玩具店的牆上放映的時候。」

「那個時候也沒有看見女孩子啊。」

「可是，我真的看見她探出頭來了啊。」

「胡說什麼呢。」

不明所以的父親把手貼在保吉的額頭上，然後，突然用連保吉也看得出的故作振奮的聲音大喊道：「那麼，接下來放點什麼？」

但是，保吉充耳不聞，只是看著那幅威尼斯的風景畫。在微明的水面上，窗戶上依然靜靜地掛著窗簾，只是那個繫著大大蝴蝶結的少女卻一直也沒有從窗戶裡探出頭來。他想到這，感到一種莫名的懷念，也感到一種從未有過的甜蜜的悲傷。

那個從幻燈機的風景畫中探出臉來的少女，實際上是某種超自然的精靈在他面前顯身吧？又或者是某種小男孩容易產生的幻覺？那是連他自己也解釋不清楚的。

只是在三十年後的今天，在對人世奔波感到疲勞時，保吉依然會回想起那個再未現身的威尼斯少女，就像是回想起面目已模糊的多年前的初戀情人一般。

大正十三年（1924）一月

海邊

〈 1 〉

雨還在下著，我們吃過午飯後，連抽了好幾根敷島煙，聊著東京朋友們的趣聞。

我們身處兩間六疊大小的別院，庭院裡插著遮陽的蘆葦簾子，裡面什麼也沒有。說什麼也沒有，其實還有幾株這裡海邊多見的蘆葦，在沙灘上稀稀疏疏地垂著穗子。

我們剛來的時候，穗子還沒有抽出來，就是抽穗的幾株也都是青綠色的。不過，不知從什麼時候起，所有的穗子已經都變成了黃褐色，每株穗芒都掛著露珠。

「好了，做點正事吧。」

M把身子拉得長長的，攤開平躺著，用漿洗得發硬的旅館浴衣袖子擦拭著近視鏡片。所謂的正事，是指我們每個月必須給雜誌寫點什麼的事情。

M退回到隔壁房間後，我枕著坐墊，開始讀《里見八犬傳》。昨天，我正讀到信乃、現八、小文吾等人解救莊助出逃。

「彼時延崎照文從懷裡掏出備好的五袋砂金，先取三包於扇面托著呈上道：『三犬士，這些錢財三十兩為一包。東西雖少，望可為此行路上的盤纏。這並非吾輩為諸位踐行，實為裡見殿下所賜之物，懇請笑納。』」

我讀到這裡，突然想起了前天收到的稿費，一頁紙才四十錢。我們兩人同是今年七月從大學英文系畢業。畢業後，生計問題便迫在眉睫了。我漸漸忘記了《八犬傳》，轉而考慮起做講師一職，可是，想著想著又睡了過去，且不知何時還做了夢。

那似乎是一個深夜時分。我正獨自一人躺在擋雨滑窗緊閉的屋子裡。不多時，有人敲著雨窗喚我：「打擾一下，打擾一下。」

我知道那扇雨窗的對面是一個池塘，但是對於窗外叫我的人是誰，卻一無所知。

「打擾一下，我有事相求……」

雨窗外的聲音這麼說著。我聽到這話時，便想：「啊啊，是K那傢伙。」K君是比我們晚一屆的哲學系學生，是個油鹽不進的男人。我橫躺著，用很大的聲音回應著：「你裝可憐也沒用，總之，你現在來又是為了錢的事吧？」

「不是，不是錢的事情，只是有個女人想見見我的朋友。」

那個聲音怎麼聽也不像是K，反而像是會為我擔心的什麼人。我突然興奮起來，一躍而起去開窗。其實庭院從走廊起是一個巨大的池塘，那裡別說K了，沒看到任何有人存在的跡象。

我久久地看著倒映著月亮的池塘，裡面看得見流動的水草，大概是海水倒灌進來了。之後，我很快注意到了眼前的波光粼粼，漣漪一直蕩到我腳邊，漸漸變成一尾鯽魚。鯽魚在清澈的水中悠然地擺動著尾鰭。

「是了，是鯽魚在召喚我。」

我這麼想著，安下心來。

我睜開眼的時候，微弱的陽光從房檐處的遮陽蘆葦簾下透出來。我端著臉盆來到庭院裡，在後院的井旁洗臉。奇怪的是，剛剛的夢一直在我腦中揮之不去。

「也就是說，夢中的鯽魚多少是潛意識裡的自我了。」

我多少有些這樣的感覺。

︿ 2 ﹀

過了一個小時後，我們頭上綁著長條手巾，穿戴起從旅館租來的泳帽和木屐，朝著五十米開外的海邊走去。我們順著院子慢悠悠地下坡，很快就到了。

「能游嗎？」

「今天可能稍微有點涼了。」

我們一邊躲避著莎草（因為不小心踏進掛著露水的莎草中，小腿肚上會癢得受不了），一邊閒聊著前進。這時候下海肯定是要涼一些的，只是我們對於千葉的海，其實是對即將結束的夏天，還有所眷戀。

海邊只有我們幾個，昨天還有七八個男女在嘗試衝浪，但是今天別說人影都沒有，就連劃定海水浴場範圍的紅旗也沒有插上，只有海浪拍打著一望無際的沙灘，連蘆葦簾圍起來的更衣室也沒有人。那裡只有一隻茶色的狗，正在追逐著一群小飛蟲，就連它也一看見我們，就立刻往對面逃去了。

我雖脫了木屐，怎麼也提不起游泳的興致。不過M已經早早把浴衣和眼鏡放到了更衣室，把長毛巾搭在泳帽上，淅瀝嘩啦地下了淺灘。

「喂，你真要游啊？」

「是啊，反正都來了，不是嗎？」

在及膝深的水裡，M微微彎下腰，把被太陽曬黑的臉轉向我。

「你也下來吧。」

「我才不要呢。」

「是嗎？嫣然在的話，你就會下海了吧。」

「胡說些什麼呢。」

被叫作「嫣然」的人，是我們來這裡後有點頭之交的十五六歲的中學生。他也不是什麼美少年，只是如小樹苗般水靈秀氣的少年。十天前的那個下午，我們遊完泳上岸，倒在滾燙的沙灘上，而正好他渾身被海水潤濕，匆匆拖著一塊板子從那邊走來，突然看到我們躺在他腳邊，就對我們極燦爛地露齒一笑。

M在他走過去後，笑得些許古怪，對我說了一句：「那傢伙，嫣然一笑呢。」

之後，我和M就把他稱為「嫣然」了。

「怎麼說你都不下海嗎？」

「怎麼說我也不下。」

「自私自利的傢伙！」

M把身體一點點沾濕，然後猛撲向海面。我不再理睬M，朝著離更衣室不遠的小沙坡上走去。然後，我把木屐墊在屁股底下，準備抽一根敷島煙。但是在強風中，我的

火柴總是還沒拿到香煙處就熄滅了。

「喂！」

不知道什麼時候，M已經遊了回來，站在對面的淺灘上，對我打著招呼。只是不巧，他的聲音被不絕於耳的海浪聲阻隔，我聽得不是很清楚。

「怎麼了？」

我這麼問的時候，M已經穿好了浴衣，在我身邊坐下來。

「真是的，被水母螫到了呢。」

這幾天，海裡突然多了好多水母。直到現在，我的左肩到上臂還留著前天早上被螫後針孔般的痕跡。

「螫到哪裡了？」

「感覺脖子周圍被蟄了，後來一看，海裡漂著好幾隻水母。」

「所以我才不下海啊。」

「馬後炮，不過這下可真沒法游泳了。」

在視線所及範圍內，除了被海浪打上來的海草覆蓋的地方，沙灘都被陽光曬得一片泛白，海邊只有雲團的影子匆匆掠過。我們叼著敷島煙，默默地眺望著海浪拍打在沙灘上。

「你決定去當老師了？」

M突然問起這件事。

「還沒定，你呢？」

「我？我嘛……」

M正要回答的時候，我突然被笑聲和響亮的腳步聲嚇了一大跳。那是穿泳衣戴泳帽的兩個年紀相仿的少女，她們旁若無人地從我們身邊走過，徑直向海岸邊走去。我們目送著她們的背影，其中一人穿著大紅色的泳衣，另一個是虎皮般黑黃交錯的泳衣。看著她們輕快的背影，我們倏地相視而笑。

「她們也還沒回去呢。」

M好似玩笑的語調裡多少帶了些感慨。

「如何？還要再去游一次嗎？」

「那傢伙如果是一個人來的話我就下去，怎麼那個『金蓋姬』也來了……」

正如前面說過的「嫣然」一樣，我們給她們其中一人——就是那個穿著黑黃條紋泳衣的少女——取了個外號叫「金蓋姬」。

「金蓋姬」的稱號取自她的長相（gesicht）非常的肉感（sinnlich）。我們兩人都很難對這個女孩抱有好感。至於另外一個少女，M似乎對她比較感興趣，甚至還自作主張地提出：「你就去追『金蓋姬』吧，我去追那個女孩。」

「你就為了那個女孩再下海一次嘛。」

「嗯？你要讓我發揮犧牲精神嗎？但是她們已經注意到我們在看她們了。」

「注意到不是更好嗎？」

「不好，總覺得有點洩氣了。」

她們手牽著手，已經下到淺灘了。海浪不斷地把浪花拍打到她們腳邊。

她們好像害怕被打濕似的，每一次海浪打上來都會跳起來。她們這樣嬉鬧著，與這孤寂夏末的海浪形成了鮮明的對比。她們嬉鬧的樣子與人類相比，更接近蝴蝶的美。我們聽著風中傳來她們的笑聲，久久地看著她們從岸邊遠去的身影。

「真是勇氣可嘉啊。」

「還站著呢。」

「已經——不錯，還站著呢。」

她們已經放開了拉著的手，分別迎著海浪走去。她們中的一個——穿著大紅色泳衣的少女特別快速地向前走著，不一會兒已經站在及胸高的水中，招呼著另一個少女。她的聲音很尖銳，遠遠看去，那張臉在大大的泳帽裡活潑地笑著。

「是碰上水母了吧？」

「可能是水母。」

不過，她們前後張望了一下，又向裡游去。我們看著兩個少女的身影，直到只能看到泳帽的程度才從沙灘上站起來。我們不再多說什麼（一定是因為肚子餓了），向著旅館搖搖晃晃地走去。

《3》

傍晚的天氣如同秋天一樣涼爽。我們吃過晚飯，和回這個鎮上探親的朋友H，以及旅館的少東家N先生一起，又一次往沙灘走去。

我們四個人並不只是一起出門散步。H是去S村拜訪伯父，N先生是到同村的禽鳥店去訂購雞籠。因此，我們各懷目的地走著。

沿著海灘去S村，要繞過高高的沙丘，與海水浴場的方向正相反。海水被沙丘遮擋著，只能聽見隱約的海浪聲。不過，稀疏的野草抽著發黑的芒穗，還是不斷在海風中搖擺著。

「這一帶長的不是莎草吧？N先生，這叫什麼草？」

我揪了一把腳邊的野草，遞給只穿著短袖夏裝的N先生。

「我看一下，也不是蓼草，是叫什麼來著？H先生應該知道吧，他跟我不一樣，是當地人。」

我們也聽說過N先生是從東京招贅而來的。不僅如此，還聽說他那原本應該留在家裡主持大局的妻子，去年夏天跟一個男人私奔了。

「漁業的事情，H先生也比我知道得詳盡。」

「是嗎？H是這樣有學識的學者啊。我還知道他的劍術也很不錯。」

H即使被M這樣說了，也只是拖著斷弓做的拐棍，微微笑著，不為所動。

「M先生，你又精通什麼呢？」

「我？我大概只有游泳還可以了。」

N先生點燃了香煙之後，說起了去年游泳時被石斑魚蜇到的東京金融人士的事。那個金融人士不管別人怎麼說，很頑固地堅持說並不是被石斑魚蜇到的，而是海蛇。

「真的有海蛇嗎？」

能回答這個問題的只有一人，那就是戴著泳帽、高個子的H。

「海蛇嗎？這片海裡還真有海蛇呢。」

「現在也有？」

「什麼話，幾乎沒有了。」

我們四個人都笑起來。對面有兩個撈螺螄的人，拎著魚簍走過來。他們兩人都系著紅色的兜襠布，肌肉發達，但是，被海潮打濕的身影看起來又是如此悲傷淒涼。N先生和他們擦肩而過時，稍微回應了一下他們的問候，還搭話說：「去洗個澡吧。」

「這種營生何時是個頭啊。」

我莫名地覺得自己是那種也會去做撈螺螄的人。

「是啊，非常辛苦。要遊到深海，而且還要無數次地潛到海底。」

「不幸碰上漩渦的話，十有八九都求助無門。」

H揮舞著斷弓做的拐棍，說了不少漩渦的事情，大的漩渦能從沙灘延伸到深海中一裡半。中間，他還穿插說了這樣的事情：「對了，H先生，那是什麼時候的事來著？傳聞說這裡有撈螺螄人的幽靈出沒。」

「去年——不，前年的秋天吧。」

「真有幽靈出沒嗎？」

在回答M之前，H先生已經忍不住笑出聲來。

「那不是幽靈啊，只是傳言有幽靈出沒的地方確實是有臭味的礁石背陰處的墳場，而且那個撈螺螄的人的屍骸上還爬滿了蝦。一開始誰也沒認為是真事，不過確實覺得不吉利。那期間，有個海軍下士在夜裡去墳場站崗放哨時，遠遠地看到了幽靈。抓住一看，哪裡是什麼幽靈，只是和那個撈螺螄的人有婚約的本村妓院茶棚的女人。即使那樣，因為點了火把又大聲喚人的緣故，真是掀起了不小的騷亂。」

「那麼，那個女人也不是故意裝神弄鬼嚇人的了？」

「是的，只是每晚十二點前後到那個撈螺螄的人墓前呆站著而已。」

在這樣的海邊，N先生說的故事真像一齣不折不扣的鬧劇。但是沒有人發笑，而且不知為何，大家都只是默默地移動腳步走著。

「那麼，就在這裡掉頭吧。」

在M這麼說的時候，我們不知不覺已經走到了風平浪靜又杳無人煙的沙灘上了。四周亮得還能隱隱看見廣闊沙地上殘留的小鳥足跡。但是視線所及的海面一片漆黑，遠遠地畫著弧線拍打而過的浪花只餘下一線白沫。

「那麼，先告辭了。」

「再見。」

跟H和N先生告別後，我們並不著急地折返回有些寒意的海灘。除了拍打著沙灘的海浪聲之外，耳邊還傳來隱約的茅蜩叫聲，那是至少三百米開外的松林裡的茅蜩在鳴叫。

「喂，M！」

不知不覺中，我落後了M五六步遠的距離。

「什麼事？」

「我們也回東京去吧？」

「回去也不錯。」

之後，M就輕鬆地吹著《蒂瑞雷里之歌》[25]走著。

大正十四年（1925）九月

25. ①《蒂瑞雷里之歌》（Tipperary），第一次世界大戰期間由愛爾蘭帶動霄裡郡出征的士兵所唱的行軍歌。

海市蜃樓

〈 1 〉

某個秋天的中午時分，我和從東京來玩的大學生K君一起去看海市蜃樓。鵠沼的海岸可以看見海市蜃樓，這已經是眾人皆知的事情了吧。連我家的女傭都看見過顛倒的船影，發出如下的讚歎：「跟前些天登在報紙上的照片一模一樣。」

我們拐過東家旅館的一側，決定去約上O君。O君還是穿著一成不變的紅色襯衫，像是正在準備午飯的樣子，隔著院牆可以看見他正在井邊一個勁地壓著水泵。我舉著白蠟樹枝做的拐棍，向O君打了個招呼。

「請從那邊進來。哎呀，你也來了？」

「我們是來看海市蜃樓的，你不一起去嗎？」

「海市蜃樓嗎？」O君突然笑起來。

「這段時間到處都在談論海市蜃樓啊。」

五分鐘過後，我們已經和O君一起走在沙子很厚的路上了。路的左邊是沙灘，那裡有兩條斜斜的黑色牛車轍痕。這深深的車轍讓我有一種近似壓迫的感覺，是強壯的能手工作時留下的痕跡——這樣的印象甚至直逼眼前。

「我還不夠強壯啊，只是看到那種車轍，就會覺得不服不行了。」

O君皺著眉，雖然沒有回應我的話，但是心情和我應該是相通的。

那時，我們已走進松林，穿過稀疏低矮的林子，步行至引地川的河岸。在廣闊的沙灘對面，海水呈現出一片晴朗的深藍，然而，繪島上的家家戶戶和樹木間卻籠罩著一層陰鬱。

「現在是新時代了呀。」

K君突然脫口而出，面上還帶著微笑。新時代？不過我也在一瞬間看到了K君所說的「新時代」，那是一對在防沙竹籬後看海的男女。把身著輕薄的長披風、外加一頂呢禮帽的男人稱為新時代似乎有些說不通，不過女人的短髮、遮陽傘和低跟鞋卻確確實實是新時代的標誌。

「好幸福的樣子啊。」

「有你這樣的人做伴也是讓人羨慕的事呢。」O君對K君打趣道。

能看見海市蜃樓的地方和他們只隔著一百來米。我們都趴在地上，隔著河流眺望著烈日炎炎的沙灘。沙灘上有一條青綠色的東西搖晃著，有緞帶那麼寬，就好像是海水的顏色被陽光反射在上面一樣。除此以外，沙灘上連艘船的影子也沒看見。

「那就是所謂的海市蜃樓吧？」

K君的下巴沾滿了沙子，頗為失望地說道。不知從哪裡飛來一隻烏鴉，在兩三百米開外的沙灘上，從那條搖晃的藍綠色東西上掠過，然後又向對面飛去。同時，烏鴉的影子在那陽光反射的緞帶上飛快地映出一抹倒影。

「今天這個樣子，已經算是相當不錯了。」

隨著O君的話音，我們一起從沙地上站起來。我們剛剛路過的「新時代」的兩位，不知何時跑到我們前面去了，正向著這邊走過來。

我稍微嚇了一跳，回頭看向身後。他們依然在一百來米遠的竹籬笆後面，好像談論著什麼。我們，特別是O君，都頗為沮喪地笑了起來。

「這邊才是海市蜃樓吧？」我們面前的自然不是那一對而是別人。不過，女人的短髮和男人戴的呢禮帽都跟他們如出一轍。

「我怎麼覺得有點嚇人啊。」

「我也在想，他們什麼時候到這裡來的。」

我們說著這樣的話，然後離開了引地川的河岸，越過低矮的沙丘。沙丘的防沙竹籬下面有一些低矮的松樹，呈現出淡黃色。

O君從那裡走過時，「哎喲」一聲低下腰去，從沙地上拾起了什麼。那是一塊木牌，用類似瀝青的東西漆成的黑框裡有一行洋文。

「什麼東西啊，這個？Sr. H. Tsuji……Unua……Aprilo……Jaro……

1906……[26]」

「是什麼？dua……Majesta……[27]嗎？寫著1926吧？」

「這個，看，該不會是海葬時附在遺骸上的東西吧？」

O君這樣推測著。

「可是，在海葬的時候，遺骸不是用帆布之類的東西包起來了嗎？」

「所以在遺骸上附上這個。看，這裡還釘著釘子，這個以前一定是十字架的形狀。」

那時我們已經走到了類似別墅的竹籬笆和松林的中間。木牌怎麼看都像是O君推測的東西，我感覺到了太陽下本不該有的那種詭異氣氛。

「撿到了不吉利的東西呢。」

「什麼啊，可以當作我的吉祥物哦。……不過，1906到1926年的話，二十來歲就死了呢。二十來歲的話——」

「是男人，還是女人呢？」

「誰知道呢。不過大概是個混血兒吧？」

我一邊回復著O君，一邊想像著在船上死去的混血青年。按照我的想像，他的母親應該是日本人。

「是海市蜃樓嗎？」

O君筆直地看著前方，突然自言自語道。那也許是下意識說出口的話吧，但是，這句話卻隱隱地觸動了我的內心。

「去喝杯紅茶之類的東西吧。」

我們不知不覺已經站在了商家眾多的大路街角。說是商家眾多，但沙子鋪就的乾燥路面上幾乎看不見人影。

「K君怎麼想？」

「我倒是無所謂……」

26. 世界語。意思是「Tsuji 先生……1906 年 4 月 1 日」。
27. 世界語。意思是「1926 年 5 月 2 日」。

這時，從那邊過來一隻全身雪白的狗，呆呆地垂著尾巴。

《 2 》

K君回東京後，我和O君以及妻子一起去引地川的橋上。這次是傍晚七點左右，剛剛吃過晚飯不久。

那一晚連星星也沒有。我們幾乎沒說什麼，只是在無人的沙灘上走著。在引地川河口附近的沙灘上有個燈影在晃動，那大概是為去深海捕魚的船引路用的。

海浪聲不絕於耳，越靠近海浪拍打的地方，腥臭味也越來越濃重。那與其說是海水味，不如說是被打到我們腳邊的海草以及浮木的味道。不知怎的，我覺得這味道不止衝到鼻子裡，就連皮膚也有感覺。我們在海岸邊站了一會兒，遠眺著海浪剛剛冒頭的地方。不管看向哪裡，海水都是一片昏暗。我想起了大約十年前，在上總的某個海岸停留時的事情，同時也想起了當時同行的一個朋友的事情。他在學習之餘，還幫我修改我的短篇小說《山藥粥》。

不知道什麼時候，O君已經蹲在海邊，點燃了一根火柴。

「幹什麼呢？」

「也沒幹什麼，只是點燃了這麼一點光亮，就能看見好多東西呢。」

O君轉頭仰望著我，也有一半是對我妻子說的。果然，一根火柴就能把海邊松樹和石花菜間散落的點點貝殼都照亮了。在那根火柴熄滅的時候，O君又劃著了另一根，慢慢地在海邊走著。

「哎呀，真是不吉利啊，好像溺斃者的腳一樣。」

那是一隻半埋在沙裡的泳鞋。那邊的海草中還躺著一塊巨大的海綿。只是，那根火柴也熄滅了，周圍變得比之前更加昏暗了。

「找不到像白天那樣的收穫呢。」

「收穫？啊啊，那個木牌嗎？那種東西不可能到處都有的。」

我們把不絕於耳的海浪聲拋在腦後，返回到廣闊的沙灘上。除了沙子之外，我的腳偶爾也能踩到海草。

「這裡也應該有不少東西吧。」

「要再點一次火柴看看嗎？」

「好啊。咦？有鈴聲呢。」

我微微側耳傾聽，仔細辨認，因為這段時間我覺得自己有過不少錯覺。但是，真的有鈴聲在某處響著。

我又想問O君是不是也聽到了。這時，落後兩三步距離的妻子笑著對我說：「是我木屐上的鈴鐺在響吧。」

但是，不用回頭也知道，妻子穿的是草履鞋。

「我今晚做了回孩子，穿著木屐在走呢。」

「是夫人的袖兜裡在響呢。啊呀，是小Y的玩具，是綴了鈴鐺的賽璐璐玩具。」

O君也這麼說著笑起來。這時候妻子追上我們，三個人並成一排走著。我們因為妻子的這個玩笑，比之前聊得更熱鬧了。

我對O君說了昨晚做的夢，那是在某個新式住宅前跟卡車司機聊天的夢。我在夢中確實記得曾跟這個司機見過面，但是在哪裡見過的，醒來後卻全然不記得了。

「之後突然想起來，那是三四年前，為了做一次訪談而來的女記者。」

「那麼是女司機了？」

「不，當然是男的，只是臉是她的，大概是曾有一面之緣的記憶殘留在腦海裡的緣故吧。」

「是那樣吧，是個長相特別令人印象深刻的人吧？」

「不過，我對那個人的長相可沒什麼興趣。那樣反倒感覺有些詭異，好像覺察到在意識範圍之外還存在很多東西。」

「就跟劃著火柴看時，能看見各種各樣的東西一樣吧。」

我說著這樣的話，偶然注意到現在我們已經能看清彼此的臉了。但是此時的天色還是跟剛才一樣，連星星也看不見，並沒有什麼變化。我又開始覺得有些恐懼，於是幾度仰望天空。妻子也注意到了，她這樣回應我還沒有說出口的疑問。

「是沙子的緣故吧，不是嗎？」

妻子把手插在對面的袖子裡，轉向廣闊的沙灘。

「好像是那樣吧。」

「沙子真是個愛惡作劇的傢伙呢，海市蜃樓也是這傢伙做出來的。夫人還沒見過海市蜃樓吧？」

「不，之前有一次，雖然只看見了類似青綠色的東西。」

「就是那個啊，今天我們也看見了。」

我們走過引地川的橋，走到東家旅館的河堤上。隨著不知何時刮起的風，松樹掀起松濤。從那邊快步走來一個矮小的男人。我突然想起了這個夏天看過的某個幻象。那是在一個像這樣的夜晚，我把掛在白楊樹枝上的紙看成了遮陽帽。但是，那個男人並不是錯覺，隨著雙方越走越近，連他襯衫領口袒露的胸膛都能看見。

「那是什麼啊，是個領帶夾？」我小聲地這麼說著，然後忽然注意到那是香煙的火光。

妻子用袖子捂著嘴，忍俊不禁，比誰都更早嗤笑起來。但是，那個男人連看都沒有看我們一眼，快速和我們擦身而過了。

「那麼晚安。」

「晚安。」

我們隨意地跟O君道別，走進松濤聲中，其中還夾雜著微弱的蟲鳴聲。

「爺爺的金婚紀念定在什麼時候來著？」

這裡說的「爺爺」是指我父親。

「什麼時候呢？東京寄的黃油已經到了吧？」

「黃油還沒到，只有香腸到了。」

說話間，我們已經走到門前——那半開著的門口。

昭和二年（1927）二月

死後

我的習慣是即使上了床，如果不讀幾本小說的話，就無法入睡，有時即使讀了好幾本書，卻仍然睡不著，這種情況也並不鮮見。這樣的我枕邊總是擺放著讀書用的電燈和阿達林[28]藥瓶。那一晚，我和往常一樣拿了兩三本書鑽進蚊帳，打開了枕邊的燈。

「幾點了？」那是在隔壁床妻子的聲音。妻子用手臂給孩子當枕頭，側身望向我。

「三點。」我敷衍著草草回答了事，並不打算繼續接話。

「已經三點了，我還以為是一點鐘呢。」

「煩哪煩哪，閉嘴睡覺吧。」妻子模仿著我的口吻，小聲吃吃地笑著。不過，不一會兒，她已經把鼻子貼著孩子的臉，安靜地睡著了。

我衝著妻子那邊躺著，讀著一本叫作《說教因緣除水鈔》的書。這是巷保年間的和尚們收集的關於中、日、印度的八卷隨筆。只是內容雖然有趣，卻也並不稀奇。我在讀到君臣、父母、夫妻和五倫的話題時，漸漸感覺到一些睡意。於是關了枕邊的燈，很快進入了夢鄉。

夢中的我和S一起漫步在悶熱的街道上。鋪著沙石的步行道只有大約兩米寬。家家戶戶都打著同樣的枯黃色遮陽篷。

「沒想到你死了。」S搖著扇子，對我這樣說著，一副對我表示同情，但又不想把那種情緒表露出來的樣子。

「你原本看起來挺長命的。」

「是嗎？」

「我們都那麼說呢。哪，你比我還小五歲呢。」S扳著手指算著：「三十四吧？你死於三十四歲。」然後是突然的沉默。我本來對於死亡一事並不覺得有什麼遺憾。但是在S面前，我卻感到有些不好意思。

「你的工作才剛起步吧？」S再一次帶點顧慮地開口道。

28. 用於神經衰弱、神經紊亂及失眠的藥物。

「嗯，剛開始寫一個長篇。」

「您夫人呢？」

「她很能幹，這段時間孩子也沒有生什麼病。」

「那真是不錯，我們這些人也不曉得自己什麼時候會死……」

我轉頭望了一下S的表情。S對於自己沒死而我死了是內心竊喜的，我清楚地察覺到這一點。在那一刻，S也感覺到了我的情緒，神色一黯，沉默了。靜默地走了一段後，S把扇子擋在頭上遮太陽，停在一間挺大的罐頭店前。

「那麼，我先告辭了。」

罐頭店的陰暗處擺放著幾盆白菊。我瞥到店裡的時候，突然想起：「對了，S家是青木堂的分店。」

「你現在和令尊一起居住嗎？」

「是的，不久前開始的。」

「那麼，再見。」

我別過S，很快拐進了下一個小巷裡。街角的櫥窗裡擺著一架管風琴。為了展示管風琴的內部，側面的木板被拆掉了，裡面豎著好幾根青竹管。我看到的時候想著：「原來如此，還可以用竹筒啊。」然後，不知不覺間我已經佇立在了自家門口。

陳舊的小門和黑色的柵欄絲毫沒有變化，就連門上抽葉的櫻花樹枝也和昨天看到的一模一樣，只是嶄新的門牌上寫著「櫛部宅」。看到名牌的瞬間，我突然意識到自己真的已經死了，只是無論是進門，或通過門廳進入內室，我都完全沒有不道德的感覺。妻子坐在起居室的門廊，正用竹片編鎧甲。妻子的四周散落著風乾的竹片，膝蓋上擺著鎧甲剛完成一條護腿和腰部的部分。

「孩子呢？」我坐下來問道。

「昨天讓姑姑和奶奶帶著去鵠沼了。」

「爺爺呢？」

「爺爺好像是去銀行了吧。」

「沒有別人了嗎？」

「是的，只有我和阿靜。」

妻子低著頭，用針縫著竹片。從她回答的語氣中，我總感覺妻子在隱瞞什麼，有點生氣地質問道：「門上不是掛著櫛部宅的名牌嗎？」

妻子震驚地看著我的臉，那目光中透著以往被訓斥時無可奈何的神情。

「掛著呢，是吧？」

「是的。」

「那麼是確有其人了。」

「是。」

妻子全然沒了脾氣，只一徑擺弄著竹片鎧甲。

「那也是沒辦法的事，我畢竟已經死了——」我一半是要說服自己地繼續說道：「你也還年輕，對此事我也不予置評了。只要那人守本分的話……」

妻子再次抬頭望向我，我看到她的表情時，便知事情已經不可挽回，同時也感到自己的面孔漸漸失去了血色。

「不是什麼本分人吧？」

「我並不認為他是個壞人……」

我只能清楚地感覺到，妻子對於這個櫛部也是毫無敬意。既然這樣又為何要跟那樣的人結婚呢？就算可以接受這樁婚姻，看到妻子對於這個櫛部的粗鄙之處竟能泰然處之——這叫我怎麼能不從心底裡覺得反感呢。

「是可以讓孩子叫他父親的人嗎？」

「你這麼問我……」

「不行，你別妄想狡辯。」

在我的震怒下，妻子早將臉藏在和服袖子後面，連肩膀也微微顫抖起來。

「你怎麼這麼愚蠢！這樣我怎麼能死得安心？」

我氣得坐立難安，頭也不回地衝進了書房。書房門上掛著一柄消防鉤，消防鉤的把柄上塗著黑紅兩色。有人動過這個，我想著這些事情，不知何時已經離開了書房，走在枸橘籬笆邊的小路上。道路已經被暮色籠罩，路上鋪的煤渣也被霧水或露水浸潤。我餘怒未消，只是一徑快走著，可是無論我怎麼走，枸橘籬笆始終向著我前進的方向遠遠地延伸出去。

我自然地張開眼，妻兒仍靜靜地安睡著。只是夜空已經泛白，不知名的遠方樹林間傳來靜逸的蟬鳴。我聽著那蟬鳴，擔心著明天（實際上是今天）會因疲倦而頭疼，打算快點再次入睡。然而，不僅難以入睡，我還又清晰地回憶起剛剛的夢境來，夢中的妻子令人同情，S大概本性也是如此吧。而我，我儼然成了妻子眼中可怕的利己主義者，特別是將我和夢中的自己視為同一人格來思考的話，真是更加可怕的利己主義者，而且我和夢中的自己絕對是同一人。我一方面為了能入睡，一方面也是為了逃避病態良心的進一步譴責，服用了半克的阿林達藥片，終於昏昏沉沉地睡死過去……

大正十四年（1925）九月

夢

那時候，我已經倦怠至極，肩頸的僵硬自不用說，失眠也相當嚴重。不僅如此，有時候當我覺得自己已經沉睡時，也會一直做著各種各樣的夢。不知何時，我聽來這樣的說法：「做帶顏色的夢是不健康的證據。」但是，可能因為是畫家，我很少做不帶顏色的夢。

夢中，我和某個朋友一起走進城郊一家看起來很簡陋咖啡館，看佈滿灰塵的玻璃門外，列車的平交道處，柳樹輕擺著嫩芽。我們在角落的桌旁坐下，吃著碗裡的食物。但是吃完一看，碗底居然殘留著一寸長短的蛇頭——這夢境色彩鮮明，仍歷歷在目。

彼時，我租住的地方是在寒冷的東京郊外。我心情煩悶時，我會從住處爬上河堤，俯視跨省電車的鐵軌。有幾條鐵軌在浸染著油漬和鏽跡的砂石上反著光。對岸河堤上，有一株類似橡木的樹斜斜地伸展著枝葉。這種景色可以說正是憂鬱的寫照，比起銀座和淺草來說，反倒更適合我的心情。

「以毒攻毒」——我獨自蹲在河堤上，一邊抽著煙草，一邊時不時地這麼想著。

我也不是沒有朋友，我認識一個有錢人家的年輕少爺，是個西洋畫家。他見我鬱鬱寡歡，提議讓我去旅行，還熱情地這樣對我說：「錢的問題總能解決的。」但是，即使是去旅行，也不能緩解我的鬱鬱寡歡，這種事情我自己比誰都清楚。

三四年前，我也曾陷入這樣的抑鬱中，為了散心而決定去遙遠的長崎旅居一陣。只是我前往長崎之後，卻一直找不到讓自己滿意的住處。好不容易找到一處落腳點，晚上卻飛進來好幾隻體型巨大的飛蛾，讓我吃盡苦頭。最後不到一周時間，我就又返回了東京。

一個還有殘霜的午後，在取匯款回家的途中，我突然迸發了創作欲。那一定也有因為拿到了錢又可以雇模特兒的緣故。但是除此之外，也確實是突發了創作靈感。我連家也不回，就直接奔赴那家叫作M的事務所，看了十餘人後終於雇到了一個模特。在我鬱鬱寡歡時期，這樣的衝勁真是久違地令人振奮。

「要是能畫好這幅畫，就算死掉也值了。」我甚至有這樣的想法。

從M家雇得的模特兒樣貌並不十分美麗，但是體型，特別是胸部的發育真是沒得說，還有一頭濃密的頭髮全梳到腦後。我對這個模特兒十分滿意，便讓她在椅子上坐好，

決定儘快著手創作。全裸的女子手持一卷代替花束的英文報紙，雙腿稍稍交叉，頸項微傾擺出造型。只是當我面向畫架時，又產生了和現在一樣的倦怠之感。我的房間朝北，室內只有一個火盆。雖然我已經升起足以烤焦火盆邊緣的炭火，但是室內仍不夠暖和。她在籐椅上坐著，雙腿的肌肉時不時反射性地抽搐著。我揮動著筆刷，逐漸感到焦躁起來。與其說這焦躁是對模特兒的，不如說是對連一個暖爐都買不起的自己的。同時，這焦躁還來自我無法對此保持心平氣和的心態。

「你家是哪裡的？」

「我家？我家在穀中三崎町。」

「你一個人住嗎？」

「不，我和朋友兩個人合租。」

我一邊說話，一邊在畫著靜物的舊畫布上緩緩塗著顏料。她歪著頭，面無表情，連她的話語、她的聲音都顯得很單調。我認為那是她與生俱來的氣質。我從那氣質中感覺到平靜，時常會拖過她規定的工作時間。但是，在她連視線也不曾移動的姿態中，我又分明體會到某種奇特的壓迫感。

我的創作遲遲不見進展。當我結束一天的工作時，常常是栽倒在地毯上，按摩著肩頸，呆呆地打量著屋子。我的屋子裡除了畫架之外，就只有一把籐椅了。因為空氣濕度的關係，籐椅即使無人就坐，藤條偶爾也會發出吱吱嘎嘎的摩擦聲。每每此時，我都會心懷恐懼，寧願選擇趕快出門散步。然而，雖說是出去散步，也不過是從屋後走到河堤邊寺廟眾多的鄉間小路上。

我馬不停蹄地每日作畫，模特兒也每天都來。在這期間，對於她的身體，我感到有一種更進一步的壓迫感，也許是對她的健康身體所表示的一種羨慕吧。她依然維持面無表情，橫躺在淺紅色的地毯上，視線落在房間的角落。

「這女人與其說是人類，似乎更像是動物。」當我在畫架前揮動畫筆時，偶爾會這麼想。

一個暖風習習的午後，我依舊站在畫架前，孜孜不倦地揮動畫筆。今天的模特兒比往常更加板著一張臉。我愈發從她身體裡感覺到一股野蠻的力量。而且她的腋下似乎也散發出某種氣味，那氣味和黑人皮膚上的臭氣略微相似。

「你是在哪裡出生的？」

「群馬縣XX町。」

「XX町？那城市有很多紡織廠吧。」

「是的。」

「你也做過紡織？」

「小時候做過。」

在談話的過程中，我突然注意到她的乳頭很大，跟抽芽的捲心菜很相似。我繼續如往常一般專心下筆，但是她的乳頭——那有著令人戰慄之美的乳頭卻在腦海中揮之不去。

那晚一直刮著風，我猛然睜開眼睛，打算去上個廁所。可是，當我完全清醒過來時，再一看，拉門雖然開著，我卻好像只是一徑在房中轉圈。我不禁停下腳步，在房中呆立著，目光落在腳邊淺紅色的地毯上。然後，我用裸露的腳趾輕輕踩弄著地毯，地毯傳來的觸感意外地接近毛皮。

「這地毯背面是什麼顏色的呢？」我甚至想到了這樣的事情。但是，掀起地毯看看的想法讓我感到恐懼莫名。我上過廁所後，便匆匆鑽進被窩。

結束了第二天的工作後，我感到格外疲憊。話雖如此，可是待在房裡反而讓我更加坐立不安。於是，我還是決定到午後的河堤上去。時間已是日暮，但是道旁的樹木和燈柱卻打破了光線昏暗的局限，奇特而又清晰地展現在我面前。我沿著河堤漫步，有種特別想大聲喊叫的衝動。不過，我當然按捺住了那股衝動。我一邊覺得彷彿只有自己的思緒在遊走，一邊向著河堤旁破敗的鄉間小路走去。

這條小路依舊是人煙稀少。不過路邊的燈柱上拴著一頭韓牛。韓牛探著頭，用一種奇特的女性般的溫潤目光始終注視著我，那表情彷彿是一直等待著我的到來一般。

我從韓牛的表情中感覺到一種溫和的挑釁，「即使是面對屠夫，這傢伙也一定會保持這種目光吧。」發覺到這一點，我感到更加不安了。我再次變得憂鬱起來，不再前進，轉而拐進了一條小巷裡。

又過了兩三天的某個午後，我再次面對畫架奮筆疾書。淺紅色地毯上橫躺的模特依然紋絲不動。我在這半個月的時間裡，一直面對這個模特兒不間斷地創作著。但是我們卻並未對彼此敞開心胸。不，應該說是我自己從她身上感到的威脅性越來越強烈起來。在休息的時候，她連貼身襯衫都不穿一件，與我交談也顯得了無興致。不過今天不知為何，她背對著我（我突然發現她右肩上有顆黑痣），在地毯上伸出腿，這樣問我道：「老師，來這裡的路上，不是有好幾塊長條石板嗎？」

「嗯……」

「那個是胞衣[29]塚吧。」

「胞衣塚？」

「是啊，是埋下胞衣後立的石碑呢。」

「你怎麼知道的？」

「我看到上面寫的字了。」

她回頭越過肩膀看向我，突然流露出一個近似冷笑的表情。

「世人都是裹著胞衣降生的吧？」

「那是自然。」

29. 即胎盤。

「可是，一想到我們都是裹著胞衣出生的，就……」

「怎麼？」

「感覺好像小狗啊。」

我不再理會她，繼續揮筆。不理會？那未必意味著我對她不感興趣。我感到自己一直想從她身上抓住那種野性的表現，但是想要將其訴諸筆端，我又有心無力，甚至產生了想要回避去表現這些的心態。那也許是我想要回避用油畫顏料和畫筆去表現它的心情。但是，要說用什麼來表現——我揮動畫筆的同時，想起了某間博物館裡的石棒和石劍。

她走後，我在微暗的燈光下翻開巨大的《塔希提畫集》30，逐一審視著畫作，等到察覺時，我正不斷重複念著一句古文：「吾思當如是。」為何要重複這句話，我自己也弄不明白。不過我卻感到有些不安，找來女傭佈置好寢具，服用安眠藥後入睡了。

我再一睜眼已經是接近早上十點了。大概是因為昨晚覺得熱了，毛毯被我壓在身下。不過，最令我掛懷的是清醒前所做的夢。夢裡我站在房間的正中央，試圖用單手勒死女模特兒。（不過我十分清楚自己正身處夢境之中。）她的臉微微上揚，依然是面無表情，漸漸閉上了眼睛，與此同時，她的乳房圓潤而美麗地鼓脹著。那是有著細微凸起的靜脈、泛著微光的乳房。我對於要勒死她一事並不感到內疚，不，我甚至感到一種快感，彷彿了卻一樁應做之事。她終於閉上了眼睛，好像真的靜靜死去一般。

從這樣的夢中醒來後，我洗了把臉，一口氣喝乾了兩三杯濃茶，卻只是令我的心情更加低落。在我內心深處並不曾有過殺她的念頭，但是在我意識之外的話……我一邊抽著香煙，一邊按捺住悸動的心情，等待著模特兒的到來。但是直到一點鐘，她也沒有來到家裡。等待她到來的時間裡，我相當苦悶。我既想放棄等待出門散步，但又對出門散步一事感到恐懼，彷彿我從屋子的

30. 法國後印象派畫家保羅•高更的畫集。

拉門走出去——只是這樣的事情也讓人無法承受一般。

暮色漸漸低垂，我在屋子裡踱著步，等著顯然已經不會來的模特兒。那期間，我回想起了十二三年前的一件事。我——還是小孩子的我，也是在這樣的暮色時分，燃放著仙女棒煙火。地點當然不是東京，而是在我父母居住的鄉下老屋的走廊上。似乎有人在大聲叫著「喂，冷靜點」，甚至還晃動著我的肩膀。我本來是在走廊裡坐著的。

但是當我回過神來，不知何時起竟蹲在了午後的蔥地前，正起勁地點火燒蔥。我的火柴盒裡也快空了。——我一邊抽著煙，一邊想，在我生活中，竟然會有連自己都一無所知的事情發生。這想法與其說令人不安，實際上更讓我恐懼。昨晚我在夢中單手勒死了模特兒，要是那並非夢境的話……

第二天，模特兒仍然沒有來。我決定去M事務所，詢問她是否安好。但是M的老闆也不清楚她的事情。我變得更加不安，索要了她的地址。根據她自己的介紹，她應該是住在穀中三崎町。但是，M家老闆卻說她是住在本鄉東片町。在掌燈時分，我到了她在本鄉東片町的住處。那是在一條小巷裡，一家漆著淺紅色油漆的西洋洗衣店。玻璃門裡站著兩個穿襯衫的店員，正擺弄著熨斗。我本打算沉著地開門，但是，頭卻撞上了玻璃門。那聲音別說店員了，把我自己都嚇了一大跳。

我畏畏縮縮地走進店裡，向其中一個店員打招呼：「這裡有一位……小姐嗎？」

「……小姐前天起至今未歸。」這話讓我很不安。但是，雖然我還想進一步詢問，可我也不得不考慮，如果真發生了什麼事，我是否會被他們懷疑。

「她有時出門一周都不回來的。」一個店員面色不善地擺弄著熨斗補充道。從他的話中，我明顯聽出了近似輕蔑的感覺，這讓我有些生氣，匆匆退出了這家店。不過，若是那樣還好，我走在這條有著許多倒閉店家的東片町上時，突然想起在夢中也曾發生過這樣的事情。塗著油漆的西洋洗衣店、面色不善的店員、透著火星的熨斗——不，來找尋她的事也是千真萬確在幾個月前（又或者是幾年前）夢到過的。

不僅如此，在夢中，我也是退出了洗衣店，像這樣獨自走在空曠的街道上。接下來——接下來的夢，我卻一點記憶都沒有了。但是，我想，如果現在發生什麼的話，恐怕也會立刻變成那夢境中的一幕吧。

遺稿　昭和二年（1925）

凶兆

大正十二年的冬天，我從某處乘坐計程車，從本鄉大道「一高」的側面，向藍染橋下開去。那條路上街燈很少，總是一片漆黑，有一輛車在我乘坐的計程車前面開著。我叼著香煙，並沒有多注意那輛車。但是漸漸接近後，計程車的前燈隱隱約約照射到前面車輛時，我再一看，那是一輛印著金色蔓草的喪葬用車。

大正十三年的夏天，我和室生犀星一起在輕井澤的小路上走著。那是非常寂靜的傍晚時分，連沙坑中也飽含潮氣。我和室生聊著天，突然往我們的頭上看去，晴朗的天空中蔓延著黑壓壓的刺槐樹枝，不僅如此，樹枝之間還吊著人的兩條腿。我「啊」的驚叫出聲，室生在我出聲後追問道：「怎麼了？怎麼了？」我有些羞愧，隨便說了兩句敷衍過去。

大正十四年的夏天，我和菊池寬、久米正雄、植村宋一、中山太陽堂社長等在築地碰頭聚餐。我坐在壁龕的柱子前，右邊是久米正雄，左邊是菊池寬，按順序坐著。

期間，我幾度看向四角餐桌上的麥酒罈，那個麥酒壇上映照出一個人的臉，和我的臉一模一樣。但是，麥酒罈的角度根本不可能反射出我的臉。而且不論真正的我是睜著眼還是閉著眼，我那個幻影總是閉著眼睛，稍稍仰起臉的樣子。

我回頭對一旁的藝妓說：「很奇怪我的臉反射在酒罈上呢。」藝妓起初當作是玩笑話，但是一坐到我的位置上後，就說：「哎呀，真的可以看見啊。」菊池和久米也輪番坐在我的位子上看，紛紛說：「嗯，能看見呢。」根據久米的觀察，應該是酒罈對面放置的某個洗杯器或是其他什麼的反射。但是對我而言，卻不能不覺得是凶兆。

大正十五年的正月初十，我又坐上計程車，經本鄉大道「一高」的側面下藍染橋而去。那輛印著蔓草的殯葬車的車尾又一次模模糊糊地顯現在我的計程車前。那時，我還沒有把至今為止的眾多現象整理聯繫起來。但是當看到那輛車——特別是當看到裡面的棺木時，似乎有什麼在冥冥之中向我發出警告。我清楚地感覺到了這一點。

大正十五年（1926）四月

文藝雜話・饒舌（代跋）

雖然海涅筆下的德國幽靈，和法國幽靈相比或許更加不幸些，但是日本和中國幽靈之間的區別卻更大。首先，日本的幽靈是非社交性的，即使是被人相對地靠近，也會感到不愉快。因為這一顯著特點，類似阿岩稻荷[31]的情況，人人皆敬而遠之。但是說到中國的幽靈，則傾向於受到過良好教育，通義理，達人情，有時結局也比較好。如果你認為我是在誆你，大可去翻閱一下《聊齋志異》，數百篇短文中隨處可見這樣的幽靈。女鬼的話，如泉鏡花先生筆下的身著中式服飾的女主人公也並不少見。

取材自日本怪談的作品中，《雨月物語》是頗為有名的，但就其文品而言，總令我覺得有些寒酸不足。就如曾我蕭白[32]的畫作一般，其筆下的險峰峭壁著實引人注目，但描繪起秋實春雨等景物來，卻比尋常畫家還有所欠缺。不過，《雨月物語》中的《血衣》、《海盜》兩則短篇，不論發表在哪裡都是名篇。文筆簡潔有力，甚至有些古雅的韻味。谷崎潤一郎還曾說過，遭遇瓶頸時讀一讀《海盜》，會令人的思緒倍感清晰。

*

若說是此類故事的合集，在已出版的書籍中，我覺得最為有趣的還是《今昔物語》。它文筆質樸而簡明，比起新發表的英文及中文的翻譯小說，我覺得《今昔》讀來收益更多。之前提到的《聊齋志異》，應該是乾隆三十一年（1766年）發表的小說集，但與《今昔》相比，它已經算是很近代的文章了。說起來，《聊齋》和《今昔》之中有十分類似的故事出現。比如《聊齋》中《種梨》的故事主幹，就與《今昔》的本朝第十八卷中老翁用法術盜瓜的故事別

31. 東京四谷的阿岩稻荷神社，該神社留下的文獻中提到了日本最有名的女鬼之一阿岩，傳說她是一個被丈夫拋棄並殺害的苦命女子，死後化為怨靈復仇。後世人創作出了形形色色關於阿岩的作品。其中以四世鶴屋南北的《東海道四谷怪談》最為著名。

32. 曾我蕭白（1730-1781），一位特異且叛逆的日本畫家，因其畫作中強烈的墨蹟表現法被譽為曾我（Soga）畫派。

無二致，只要把梨子換做是甜瓜，便幾乎完全相同了。這麼說來，也許是日本的故事流傳到中國去了吧。

但是，這樣的故事還是中國風太濃，或許這故事的原型本就是從中國傳入的也不一定。若有人得空做一番考證的話，也未嘗不是一件趣事。順便一提，《聊齋》中《鳳陽士人》的故事，也與《今昔》本朝第二十一卷常澄安永在不破關夢見留京妻子的故事十分相似。

*

另外再說一個，《聊齋》中《諸城某甲》的故事，寫了一個在戰鬥中頸部負傷的男人，在戰後因為笑得太用力以至於頭掉了下來。與其類似的故事在西方故事裡也能看到，阿普列尤斯[33]書中的開頭部分，無故將魔女斬首的男人，第二天在泉邊飲水時，自己的頭也掉了下來。只是《聊齋》中只選取了「斷頭」一說為題材。

*

翻譯中國的故事，是從明治時代起，由依田學海[34]、小金井喜美子[35]開始的。因為起步較晚，雖然這些中國怪奇小說集有署名，但是可以看出故事並非是同一人所作。即使在同一本書中，根據情節也可以看出誰勝誰劣。讀來有趣的部分，在泉鏡花先生的《櫻草》中雖有收錄，但並無可比性。印象裡《奇情雅趣》中的故事翻譯得還是比較優秀的。

---

33. 阿普列尤斯（LuciusApuleius，約 124 年 - 約 189 年），古羅馬作家、哲學家。著有小說《金驢記》諷刺羅馬帝國的社會生活。

34. 依田學海（1833-1909），漢學家，戲劇評論家，本名朝宗，字百川。

35. 小金井喜反復以七音、五音構成一句的格律。主要用於古今和歌集。美子（1870-1956），翻譯家，小說家，森鷗外的妹妹。

*

雖然是翻譯中國書籍，也不能做那種生搬硬套成日文的事（因為雖說中文也是使用漢字，但在翻譯時卻並沒有幫上什麼忙）。最近出版的日文版《西廂記》等完全沒有體現出原作的風貌，也是因為生生把中文翻譯成七五調[36]之類的日文的緣故。像是「風靜簾閑，透紗窗麝蘭香散，啟朱扉搖響雙環。絳台高，金荷小，銀釭猶燦。比及將暖帳輕彈，先揭起這梅紅羅軟簾偷看」這樣的句子，生硬地翻譯成「簾下不走風」之類的句子，實在是無法表達原作之美。

話說回來，這原本就是相當棘手的事情，又屬於並非特別有趣的雜劇類，也沒有必要非得翻得與原作比肩，只在這裡順帶一提罷了。

＊

總而言之，中國的幽靈都是比較可愛的，只是我對縊鬼卻同情不起來。他們會誘騙人們上吊而死，十分危險。說起來不知何時，我從《拍案驚奇》一書中看到過縊鬼變成動物。這種說法並不是指縊鬼化身成動物，而是叫作縊鬼的鬼怪原本就是動物。我想，應該就和俄羅斯民間故事《傻瓜伊萬》中出現的那種小妖怪一樣，只要它出現在身邊就覺得愉快不起來。

＊

說到動物，像狐狸這般變化自在雖然不錯，但是如《夜談隨錄》中的能戴，

36. 阿普列尤斯（LuciusApuleius，約124年-約189年），古羅馬作家、哲學家。著有小說《金驢記》。

也是不論到哪裡都會大受歡迎的吧。書中道：「通體烏黑無頭無面無手足，唯二目雪白，一嘴尖長如鳥喙。」常常被指派去酒鋪子買酒。因為能戴是怪物，只要讓它帶著酒瓶和酒錢，即使是深夜時分，也可以進入門窗緊閉的酒鋪，只把錢留下，把酒帶走。雖然不曉得它是參照什麼做的，倒是從來沒有拿來不符合要求的酒。

*

此動物雖然行動便利，但是如莊子那有名的怪物大鵬鳥卻因體格龐大而造成了巨大的危害。一旦飛行在空中，據說排泄的糞便可以將一整個村子都埋住。不過，也聽說之後有人從糞便中將村子整個挖掘出來，而且大鵬鳥所吞食的魚蝦還都活蹦亂跳的，這樣說來，塞翁失馬，又焉知非福呢。但是與阿拉伯的象鳥[37]相比，大鵬鳥顯得要粗俗無禮得多了。

＊

寫出大鵬鳥糞埋全村的是袁隨園，但是趙甌北筆下的通臂猿，其滑稽的表現也尤為出彩。它是一種手臂像晾衣竹竿一樣，可以向左或右延伸兩倍長度的猿猴，在手臂向一邊延伸時，另一邊的手臂則縮至肩膀。也許有人把長臂猿之類的動物看錯了吧。《水滸傳》中就有一人取了這個外號，眾所周知，那是叫作侯健的裁縫出身的角色。另外一個蠻僧的手腕也和通臂猿一般可以延伸縮短，他在書中的名字卻記不清了。

37. 象鳥（Rokh），阿拉伯傳說中的巨鳥，在文學鉅作一千零一夜中登場，據說與波斯神話中的不死鳥西努爾克是同系的生物。

＊

說到動物，我想起一件事。上小學的時候，老師給我們每人發了一張紙，要求我們畫出「可愛的動物」和「美麗的動物」，因此我在前項要求下畫了大象，後項的要求下畫了蜘蛛。覺得大象可愛的人也有不少吧，至於蜘蛛，是因為當時看到巨大的女郎蛛，我真心覺得它很漂亮。但是那個老師卻責備我說：「大象那麼龐大一點也不可愛，蜘蛛有毒也根本說不上美麗。」我看那個老師若是活到現在，倒是可以去做個文藝評論家。

＊

我開始寫小說也差不多是那個時候。那時我寫的所謂小說，充其量不過是模仿《魯濱遜漂流記》的文章罷了，都是些流落到無人島，射殺巨蟒，極其勇敢活潑的冒險故事。篇幅大概是十張日式白紙，卷首還有用紅色和藍色墨水筆描繪的無人島地圖夾在其中。這樣默默地過了幾年，在高一的時候——在平凡的五年左右的時間裡，我和朋友一起籌辦了一本內刊，每期都發表五六篇如春日郊遊散步、中秋賞月之類的文章。恰逢大彥家的少主[38]那時候和我同年級，高歌著「船兒已遠獨餘煙」之類的民謠，我也開始正式在《都々逸》上撰寫小說了。開始拜讀德富蘆花的小說，大概也是那個時候的事情吧。

*

那時我又讀了許多勵志故事，主人公多是窮人家的孩子，像是徹夜讀書卻苦於沒有燈油，以及因為父母負擔不起而每天早晨靠賣納豆維生，全是諸

38. 野口功造（1888-1964），綢緞和服店「大彥」的少東家，其後獨自創立了「大羊居」，從事染織業。在芥川眼中他是一個有個性、對文學和美術有獨到見解、執著心強的人。

如此類的故事。因此那個時候的自己甚至覺得若是父母再窮困一點就好了。與此同時，我也模仿著勵志故事，做了諸如編草鞋、砍柴等等的事情。等到長大成人後，與人閒聊起來，曾這麼想的又何止我一個呢？大概每個人在小時候都會有這麼一段天真爛漫的經歷吧。

*

這種天真爛漫的情懷高漲的結果，是當讀到幼年的加菲爾德[39]曾吃雞蛋殼的時候，居然真的模仿著做了。還有和朋友兩人把學校的窗簾弄破的時候，獨自承擔罪名的事也幹過，說來好像很了不起，但要到老師面前說出「老師，窗簾是我一個人弄破的」這樣的話，還是會感到很羞愧。現在只要想起來，就覺得實在是不堪回首。與此相比，反而是每天從乾貨店裡偷點豆子帶到學校去撒豆子[40]，倒成了高尚的回憶。

*

後來，我受到租書店的照顧，從那時起到中學的短短三四年時間裡，甚至借讀了平田篤胤的《稻生平太郎某錄》[41]抄本，印象中倒不覺得怎麼有趣。至今為止，我覺得在日本妖怪的創新這一點上，那本書中出現的怪物是最非凡的。夢幻的虛無僧登記人來到家裡的橋段雖然有趣，但是更為令人敬佩的是那些從房間角落裡鑽出來的、有著無數節肢動物般手腳的奇妙生物，像是銜接曲尺般，關節相連成可以彎曲又可以延伸的手臂，名字應該是山本五郎右衛門吧。相似的還有神野惡五郎，這個就單純列舉一下名字，山本的讀音

39. 詹姆斯・艾布拉姆・加菲爾德（James Abram Garfield，1831-1881），美國第 20 任總統。
40. 在日本節氣「立春」的前一天，人們通常會參加各種「撒豆子」儀式，以驅邪迎福，祈願身體健康。
41. 此處應為平田篤胤編撰的《稻生怪物錄》。

「SANMOTO」，和神野的讀音「SHINN」，都是魔界的發音。

大正七年（1918）五月

高談文化 | 華滋出版 | 拾筆客 | 九韵文化 | 信實文化 |
CULTUSPEAK PUBLISHING CO., LTD

追蹤更多書籍分享、活動訊息，請上網搜尋 拾筆客

What's Words
我沒有良心，我只有神經：芥川龍之介的短篇奇談選

作　　者：芥川龍之介
譯　　者：千山
封面設計：曹雲淇
總 編 輯：許汝紘
編　　輯：孫中文
美術編輯：曹雲淇
總　　監：黃可家
發　　行：許麗雪
出版單位：九韵文化
發行公司：高談文化出版事業有限公司
地　　址：新北市汐止區新台五路一段99號15樓之5
電　　話：+886-2-2697-1391
傳　　真：+886-2-3393-0564
官方網站：www.cultuspeak.com.tw
客服信箱：service@cultuspeak.com
投稿信箱：news@cultuspeak.com

印　　刷：上海印刷股份有限公司
總 經 銷：聯合發行股份有限公司
香港經銷商：香港聯合書刊物流有限公司

本書譯文由上海萬語文化藝術有限公司、上海萬墨軒圖書有限公司，
獨家授權高談文化出版事業（原信實文化行銷）有限公司出版使用。

2019 年 3 月 初版
定價：新台幣 420 元

國家圖書館出版品預行編目（CIP）資料

我沒有良心,我只有神經：芥川龍之介的短篇奇談選 / 芥川龍之介著；千山譯. -- 初版. -- 新北市：高談文化, 2019.03
面；　公分. -- (What's words)

ISBN 978-986-7101-94-5(平裝)

861.478　　108002953

我只有神經，

我沒有良心。

只有

神

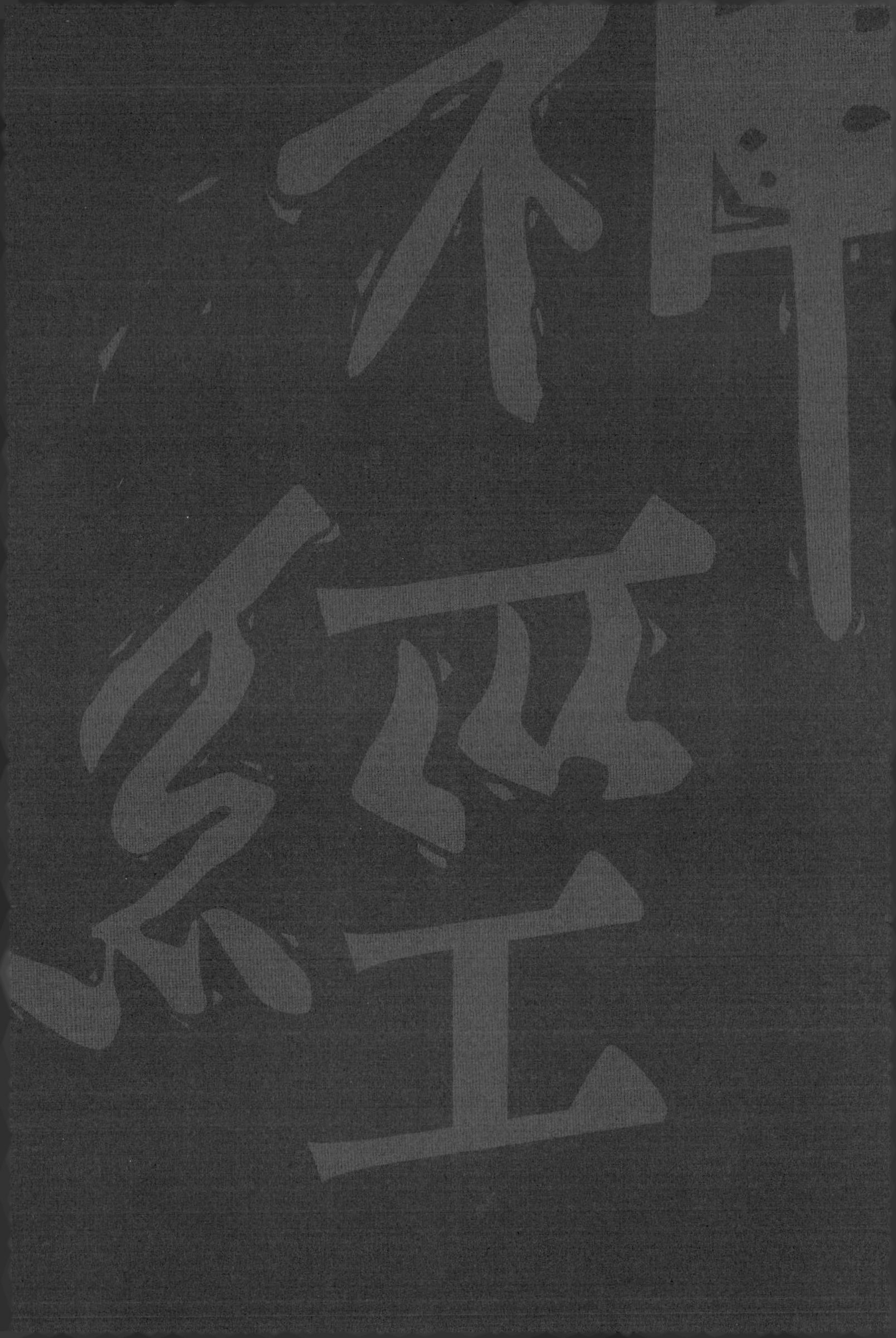
經